L'ÉTÉ LA NUIT

"Actes noirs"

DU MÊME AUTEUR

LUNE DE GLACE, Gallimard, 2006 ; Babel noir n° 68.
ARCHIVES NOMADES, Cheyne, 2009.
LE SILENCE, Jacqueline Chambon, 2009 ; Babel noir n° 96.
L'HIVER DES LIONS, Jacqueline Chambon, 2010 ; Babel noir n° 130.
LUMIÈRE DANS UNE MAISON OBSCURE, Jacqueline Chambon, 2012 ; Babel noir n° 160.
LE PREMIER MAI TOMBA LA DERNIÈRE NEIGE, Jacqueline Chambon, 2015 ; Babel noir n° 192.
SAKARI TRAVERSE LES NUAGES, Jacqueline Chambon, 2018.

Ce livre a reçu une aide à la traduction du Goethe-Institut.

Titre original :
Sommer bei Nacht
Éditeur original :
Verlag Galiani, Berlin

ISBN 978-2-330-15425-7

JAN COSTIN WAGNER

L'été la nuit

roman traduit de l'allemand
par Marie-Claude Auger

ACTES SUD

You paint a silhouette,
you wore it
with regret in limbo
once again, found a raven

(raven)

UN

Un été de rêve
à votre portée
à un tarif préférentiel
pour les premiers venus

MARKO

Il est allé dans le magasin de jouets, a fait ses achats. Deux peluches. En sortant, ses peluches sous le bras, il a réalisé une fois de plus qu'elles sont plutôt grandes. Un peu encombrantes. Mais les grandes peluches, ça fait plaisir. Plus elles sont grandes, plus le plaisir est grand. Il a démarré. Est descendu.

Il traverse maintenant l'été vibrant de chaleur. Elle rebondit. Il essaie de l'attraper, comme un ballon, la renvoie contre les murs gris des maisons. Il a chaud et froid, froid et chaud. Dans ses mains, le tissu pelucheux qu'il tâte du bout des doigts.

La cour de l'école est bruyante. Animation, pense-t-il. Le mot lui passe par la tête. Un drôle de mot. Il a l'impression que les peluches sont trop grandes. Le gênent. Il le savait. Il se dirige vers une longue table blanche, étroite, au milieu du brouhaha des enfants. Une rangée de tables, derrière, des femmes souriantes. Il pose une des peluches, s'accroche à l'autre.

— Ton ours ?

La voix vient d'en bas. Glisse le long de ses hanches. Une voix claire. Il hoche la tête. Regarde le petit garçon.

— Oui, dit-il.

Il tend l'ours en peluche à l'enfant, lui prend la main. Quelque chose s'enclenche. Sa main dans celle du garçon et encore quelque chose. Quelque chose d'autre.

Ils marchent. Il parle au garçon. Lui explique pourquoi ils marchent. Les murs gris des maisons sont maintenant de l'autre côté de la rue, inversés. Tout est différent, nouveau. Les murs sont aussi gris qu'avant, mais la chaleur ne rebondit plus, elle se presse contre lui, l'enveloppe. Le garçon marche en lui tenant la main, comme si c'était son fils.

En toile de fond, le bruit des conversations, les cris des enfants, les rires s'éteignent peu à peu.

Sa voiture est dans une rue latérale. Il donne au garçon un coup sur la tempe avant de l'allonger sur la banquette arrière.

Il monte, met le moteur en marche, démarre. S'éloigne. Les murs gris rapetissent. Rapetissent de plus en plus, disparaissent presque.

BEN

Un vaste champ. Il est seul. S'arrête, reste immobile. Sur ses gardes. Il n'y a personne, on ne voit personne, on n'entend personne. Personne. Il est seul au monde. Seul dans le champ. Il a la gueule de bois, bien qu'il n'ait pas bu. Épuisé, soulagé. D'une façon douloureuse. Il sent qu'il va mourir. Un jour, à une heure encore inconnue.

Le smartphone joue une mélodie qu'il a souvent entendue sans jamais la connaître. Elle était déjà là quand il l'a acheté. Dans une boutique de téléphonie. Des lumières multicolores. Des gens qui se font plaisir. Sans manifester ni joie ni émotion.

— Oui ? dit-il.

— Ton jour de congé tombe à l'eau, dit Christian. Un enfant a disparu. Un garçon.

Ben se tait. Les paroles de Christian résonnent dans la pièce. Visqueuses. Un enfant, un garçon, disparu.

— Ben ?

— Oui ?

— Tu as entendu ? Tu es réveillé ?

— Oui.

Il sent Svéa contre son bras.

— Chut, tout va bien, dit-il. C'est Christian qui m'appelle. Dors.

— Tu dois y aller ?

— Oui, tout de suite. Dors.

Il sort du lit. Son regard effleure Svéa tandis qu'il se dirige vers la porte. Puis il est dans une autre pièce, derrière les fenêtres, du soleil.

— Ben ? demande Christian.

— Oui, excuse-moi. Je suis sorti de la chambre, Svéa dort.

— La sieste ?

— Oui, elle est rentrée hier de Corée et a un léger jetlag. On faisait une petite sieste.

— Ah. OK. Tu as entendu ce que j'ai dit ?

— Oui, c'est où ?

— 11, Holunderweg. Une école primaire. Il y a un vide-grenier aujourd'hui. Wiesbaden-Biebrich. À tout à l'heure.

— À tout à l'heure, pense Ben.

CHRISTIAN

Christian fait glisser son smartphone dans sa poche, observe la scène.

Des femmes, des enfants. Un gardien perplexe. Le gardien de l'école a l'air sorti tout droit d'un film. Un film fait de clichés. Il porte une combinaison d'artisan, il est corpulent, à moitié chauve. Plusieurs femmes ont des discussions animées, les autres, en retrait, se taisent, repliées sur elles-mêmes, mais elles aussi sont sous le choc.

Un garçon a disparu. Christian sent que ses yeux le piquent. Il les ferme, les ouvre. Des collègues en uniforme sont présents. C'est lui, Christian, qui mène l'enquête. Seul pour le moment, jusqu'à ce que Ben arrive, il s'est déjà mis en route, mais le trajet lui demandera encore un certain temps.

Le trajet de chez lui jusqu'ici. De sa sieste et ses rêves jusqu'au lieu de la disparition.

Christian se demande ce dont Ben a rêvé. Si c'était un beau rêve ou pas. Question de perspective. L'absence de rêves, d'après ce qu'il a lu, ne se produit généralement que dans le sommeil profond. Ce qui expliquerait que dans les rêves on garde le lien avec la réalité. Avec la vie. Tandis que le sommeil profond établit un lien avec la mort.

Au moment où il va arriver sur place, il doit être en mesure de dire son texte. Sans faute.

Il fait quelques pas, lentement, il s'imagine dans la peau d'un policier qui enquête. Sur un cas de disparition. Peut-être d'enlèvement. Ses yeux le piquent, un rire silencieux vibre sur ses lèvres. Un fragment de seconde puis disparaît. Il avance. S'imagine être l'enquêteur en chef qu'il est réellement.

BEN

Ben traverse l'été. Roule au cœur de l'été. Sa vitesse est modérée, ses pensées dans le vague.

L'après-midi. Presque quatre heures. L'école est un long bâtiment plat. Gris clair dans la lumière du soleil. Des stands sur une pelouse verte. Des gens vêtus de couleurs.

Il descend de voiture, aperçoit Christian, qui se balance imperceptiblement d'un pied sur l'autre, dégingandé, en écoutant les explications d'un homme trapu. L'homme a l'air d'être un gardien.

Ben s'approche, devine déjà les paroles que l'homme prononce. Puis les entend.

— … n'ai rien remarqué du tout, dit l'homme.

— Ah, Ben, dit Christian.

— Salut, dit Ben.

— M. Schäfer est le gardien de cette école. Il n'a rien remarqué. Il ne sait pas comment le garçon a pu disparaître.

— Quel âge, le garçon ? Comment s'appelle-t-il ? demande Ben.

— Cinq ans. Jannis. Il était avec sa mère et sa sœur. Léa Meininger et sa fille. La fille était une élève de l'école. Elles sont là-derrière.

Ben suit le regard de Christian. Sous un arbre, à l'ombre, se trouvent une femme et une fillette. Les deux, en rose et blanc. Même look. Mère et fille. Il se demande vaguement de quelle couleur étaient les vêtements du garçon.

— On a commencé à onze heures et demie. Le vide-grenier traditionnel de l'été. Les parents et les enseignants vendent des trucs pour de bonnes causes. Vers midi moins le quart, le garçon, Jannis, a disparu tout d'un coup. Les gens l'ont cherché. Entre autres, M. Schäfer, lui aussi.

M. Schäfer, le gardien, acquiesce.

— Au bout d'environ une heure de recherches vaines, la mère a prévenu la police.

Ben attend.

— Environ trois heures se sont écoulées depuis la disparition du garçon. Un avis de recherche vient d'être lancé sur la base d'une photo que nous a donnée la mère.

Ben hoche la tête, Christian lui tend la photo. Elle représente Jannis, avec un sourire de circonstance, devant un petit tableau sur lequel est écrit *Dinosaure* à la craie blanche. Probablement une photo prise par un photographe à l'école maternelle. Jannis est membre du groupe des dinosaures. Un instant, l'idée effleure Ben. Comme si c'était un fragment de solution, comme si elle racontait une histoire qui explique tout. De la première à la dernière phrase, et qui finit bien.

— Oui, dit-il.

— Mark Lederer est derrière, dans le parking. Ils ont peut-être des caméras de surveillance.

Ben se retourne, voit le parking à étages qui fait partie d'un grand centre commercial. Le bâtiment ovale repose sous le soleil, tel un colosse silencieux. Des bandeaux publicitaires figurent sur la façade grise. *Burger King, New Yorker MaxiDaxi, CineMAX.*

— Ce n'est pas tout près mais avec un peu de chance le garçon a disparu dans cette direction.

Ben hoche la tête. Avec un peu de chance, pense-t-il.

Il voit la mère et la sœur. En rose et blanc. Une belle journée. Vendre des choses, faire plaisir, pour de bonnes causes. Il s'avance déjà, pas à pas, vers elles.

Elle ne voit l'homme qu'une fois qu'il est arrivé près d'elles. Devant elles. Elle ne l'a pas vu venir, de même qu'elle n'a pas vu Jannis partir.

— Madame Meininger ?

Elle hoche la tête. Elle cherche dans les yeux, sur le visage de l'homme, sur ses lèvres, le mot qui ramènera Jannis.

— Mon nom est Neven. Ben Neven. Je suis un des enquêteurs qui…

— Il s'agit de Jannis, mon fils.

— Madame Meininger, redites-moi, je vous prie, comment ça s'est passé. Quand avez-vous vu Jannis pour la dernière fois ? Et où exactement ?

— Jannis a disparu.

— Madame Meininger, racontez-moi encore une fois…

— Nous sommes arrivés ici. Je suis entrée pour déposer nos affaires, pour le vide-grenier. Cela ne m'a pas pris une minute.

Ben hoche la tête, regarde autour de lui.

— Entrée ici, donc ?

Il montre l'entrée principale au-dessus de laquelle se détache, en grosses lettres, le nom de l'école.

— Oui, dit-elle. Sur la droite, dans la première salle de classe, on rassemble les affaires avant de les disposer sur les stands.

— Je comprends, dit Ben, et votre fils Jannis était…

— Il était avec moi. Avec nous.

Elle se tourne vers sa fille, qui croise son regard.

— Ma fille, Sarah, dit-elle.

— J'ai aussi apporté des affaires, dit Sarah. Jannis était là, en fait. Il a même apporté quelque chose.

— Oui, c'est vrai. Il avait un vieux bateau Playmobil. Ces derniers jours, il jouait encore avec, et puis il a décrété qu'il voulait quand même l'emporter au vide-grenier. Pour que d'autres enfants en profitent.

Ben hoche la tête. Il perçoit un bruit, juste derrière ses oreilles. Comme le bruit de la mer.

— Je croyais qu'il était là, qu'il nous suivait, dit la fille, Sarah.

Ben garde les yeux posés sur elle.

— Ce bateau…, murmure-t-il.

— Il a dû le porter à l'intérieur et ressortir aussitôt. Je ne sais pas, dit la mère, j'ai parlé un instant avec l'institutrice qui organise le vide-grenier.

— Bien. Qui est-ce, cette institutrice ?

— Mme Spahn. Je crois qu'elle est à l'intérieur. Elle a des cheveux blonds. Des cheveux clairs. Presque blancs.

— Bon, je vous remercie.

Il s'éloigne. Rose et blanc. L'été. Un garçon qui a envie de faire profiter d'autres enfants de ses jouets. Il entre dans le bâtiment, une agréable fraîcheur l'enveloppe.

Dans la salle de classe, il ne voit pas de femme aux cheveux clairs mais aperçoit tout de suite, sur une table grise, à côté d'autres objets, le bateau de pirates marron foncé qu'il a lui-même eu enfant et sur lequel flotte un pavillon à tête de mort.

Espace gris,
élégante surface en verre,
fonctionnalités améliorées,
nouvelle génération,
certifié IP67,
le nouveau processeur
A11 – Bionic –
64 bits
livré avec
sa capacité
haute résolution
en 4 à 8 K.

CHRISTIAN

Christian est à l'ombre. Il se sent bien, en sécurité, protégé. La fraîcheur semble prouver l'absurdité de la journée torride qui l'attend dehors. L'homme assis devant l'écran, qui fait défiler les images scintillantes, s'ennuie. C'est inhabituel.

Confrontés à une enquête policière, les gens deviennent souvent nerveux. Sans le vouloir, ils entrent dans une sorte de jeu de rôle, s'efforçant de correspondre à ce qu'on attend d'eux. Ou bien, dans de rares cas, de ne pas y correspondre. Ici, ce gardien de parking donne l'impression d'être surtout énervé. Par lui ? Par la vie ? Par des choses qui nécessitent un effort imprévu ?

Christian regarde les images qui défilent et, dans le coin droit du bas, l'heure. 11 h 32. 11 h 33. 11 h 34.

Au moment même où l'homme se renverse dans son fauteuil, Christian voit ce que ses yeux cherchaient.

— Stop, dit-il.

— Quoi ?

— Stop ! Je voudrais voir ça avec arrêt sur image.

— Arrêt sur image, marmonne le gardien.

Pendant que Christian regarde les deux silhouettes grises, noires, les mirages reviennent. L'idée que ce n'est pas vrai. Il n'est pas vraiment là, devant cette image grise. Il est à l'écart, en dehors, il s'observe, lui et le gardien. Deux inconnus.

— Et maintenant ? demande le gardien.

— Vous pouvez zoomer ? Les deux, l'homme et le garçon ?

— Bien sûr, dit le gardien.

Christian observe les deux silhouettes sur l'écran. Une grande et une petite. Un homme, un petit garçon. Le garçon a quelque chose dans la main. Une grande peluche ?

— Alors ? marmonne le gardien.

— J'aurais besoin d'une sortie papier.

— D'accord, dit le gardien.

Christian revient encore une fois sur l'image. Concentré. L'autre image, qui n'est pas la bonne, celle dans laquelle tout ne s'est pas réellement passé, s'est retirée, comme une tortue dans sa carapace. Il essaie de distinguer des traits, de dessiner en pensée des contours. Il n'y arrive pas.

La seule chose qu'il distingue vraiment en y regardant de plus près, c'est la peluche. Un grand ours en peluche gris.

Il marche. Cette fois encore, il a l'impression de traverser l'été. De faire une trouée. La sensation agréable d'être en mouvement. Le toit du parking se dresse devant lui, tel un monstre. Un dinosaure gris, au milieu d'un monde à la fois pâle et coloré.

Mark Lederer et deux collègues en uniforme, une femme et un homme, sont devant les ascenseurs, près des caisses automatiques. Deux autres, en uniforme aussi, arpentent les lieux, regardent à l'intérieur des voitures immobiles. Les voitures dorment. Sans rêver.

— Christian est en bas avec le gardien du parking. Ils visionnent la vidéo de surveillance, dit Mark Lederer.

— Bien, dit Ben.

Il entre dans l'ascenseur, descend d'un étage. En sortant, il aperçoit Christian dans la guérite qui est éclairée, au milieu de l'obscurité. Christian lui fait signe d'approcher. Devant l'écran est assis un homme qui respire difficilement.

— On a quelque chose, dit Christian. Ça pourrait être le garçon. Mais ça pourrait aussi bien être un père et son fils qui reviennent du vide-grenier.

Ben hoche la tête. Plisse les yeux, les ouvre en grand, essaie de rendre nette l'image d'un vague gris.

— On peut rendre l'image plus nette ? Ou l'agrandir ?

— Non, je crains que non, marmonne le gardien.

— Pour le moment, c'est ce qu'on a pu obtenir de mieux, dit Christian.

— OK.

Ben s'approche encore. Groupe des dinosaures, pense-t-il. Un garçon avec un sourire de circonstance derrière lequel un vrai sourire franc attendait de trouver son chemin sur ses lèvres.

— C'est lui, dit Ben.

— Oui ? dit Christian.

Ben acquiesce. On dirait en effet le père et le fils. Qui se promènent ensemble. Il doit y avoir une caméra qui filme la zone à l'extérieur du parking. Ils longent tous les deux la route. Ben voit Jannis, dans l'été gris, blanc, noir, derrière les pixels, il aperçoit son sourire. Un sourire énigmatique, un sourire qui doit encore être *décompressé*, au bon format, à la bonne définition avant de pouvoir prendre forme.

— C'est Jannis, dit Ben. Et l'ours en peluche, il y en a un deuxième.

— Quoi ? demande Christian.

— Je viens d'en voir un, dit Ben. Le même. Sur une table du vide-grenier.

SARAH

Elle s'avance prudemment. S'arrête. Les policiers sont revenus, ils étaient dans le parking. Maintenant, ils sont dans la salle de classe, à l'ombre. Il fait étrangement frais ici.

Elle est sur le seuil, personne ne la remarque. Les deux policiers ont rejoint les deux autres qui portent des vêtements blancs, devant les tables où sont disposées les jolies choses. En arrivant, elle en avait déjà choisi certaines qu'elle voulait acheter.

Le gros ours en peluche n'en faisait pas partie mais il a l'air d'intéresser particulièrement les policiers. Au début, elle ne l'avait même pas vu. Il n'était pas là quand ils sont arrivés. Ce sont les policiers qui l'ont rapporté, de dehors, du soleil, avec des gants alors que c'est l'été. Délicatement, comme s'il était fragile. Ou blessé, à la patte.

Ils discutent tout en contemplant l'ours. Les deux hommes en blanc hochent la tête. Dehors d'autres policiers sont occupés à boucler un secteur. Tout le monde est prié de reculer et de quitter la pelouse. Elle ne sait pas où est maman. Elle ne sait absolument rien.

Elle est dans un décor qui ne colle pas. La pièce est trop fraîche, les policiers trop sérieux. Sauf un qui donne par moments l'impression d'avoir envie de rire. Les autres ne s'en aperçoivent pas, mais elle le voit parce qu'elle est comme lui. Avec cet homme, quelque chose ne colle pas, avec elle non plus. Parce qu'elle a parfois envie de rire, parce qu'elle ne peut pas le croire, tout simplement.

Tout ça ne peut pas s'être vraiment passé, rien de tout ça n'est vrai.

Jannis va surgir tout d'un coup en riant. Elle attend tout le temps que ça arrive enfin. Jannis rit. Maman rit et est fâchée, mais pas longtemps parce que Jannis est revenu. Depuis quelques minutes, Sarah se dit qu'un ours en peluche comme celui-ci plairait à Jannis. Pourquoi l'ours est-il là alors que Jannis a disparu ?

L'ours est posé sur la table. Les policiers sont autour, comme s'ils voulaient le soigner. L'opérer. Les policiers sont des chirurgiens, l'ours est malade.

Elle n'aime pas l'ours, elle ne sait pas pourquoi. Il n'y a pas de honte à être malade.

BEN

Quand il détourne les yeux de l'ours en peluche, Ben aperçoit Sarah, la sœur, à l'entrée de la salle de classe.

Il se dirige vers elle tout en cherchant quoi dire. Il ne trouve pas, et elle, quand il est en face d'elle, ne dit rien.

— Viens, on va sortir, dit-il enfin.

Il passe devant, c'est ce qu'il y a de mieux à faire. Revenir au soleil. Les espaces dehors, la pelouse verte sont maintenant bouclés, avec des rubans rouges qui flottent dans le vent tiède. Les visiteurs du vide-grenier sont à l'extérieur de ce décor, le long de la rue, silencieux, certains chuchotent, comme si, dans ces circonstances, tout était confidentiel. Secret, caché.

Une pensée tressaille, une sensation, une image lumineuse qu'il a vue dans la nuit.

— Ça arrive que Jannis s'éloigne, dit-elle, à quelques mètres, et puis il revient.

Il la regarde. Cherche son regard, détourne les yeux quand il le croise. Il acquiesce.

— L'ours, c'est important ? demande-t-elle.

Les mots résonnent. Il voit Christian qui est un peu plus loin, sur le bord à côté des rubans de signalisation rouges, avec une femme blonde. Sans doute Mme Spahn, l'institutrice. La femme parle, Christian écoute.

— Peut-être, dit-il. Nous ne savons pas encore.

— OK, dit Sarah.

— Dis-moi encore une fois quand précisément tu as vu Jannis pour la dernière fois.

— Quand on est arrivés. On a déchargé les affaires. À l'intérieur, dans la classe où se trouve l'ours en peluche.

— Bon. Et Jannis…

— Il est sorti en courant. Après avoir déposé son bateau, je crois. Maman a encore parlé avec l'institutrice.

— Et puis vous êtes sorties…

— Maman a cherché Jannis mais il n'était pas là. On a fait le tour du bâtiment. On a demandé à des gens. Et à un moment, c'est devenu… oui, bizarre.

Il hoche la tête.

— Ça se pourrait que Jannis ait rencontré quelqu'un qu'il connaissait ? Un homme ?

— Quel homme ?

— Il connaît des gens ici ? Peut-être des amis à vous ? Des pères ou des frères de camarades de classe ?

— Ben oui, ici, il y a beaucoup de gens qu'on connaît. Mais on leur a posé la question à tous, personne n'avait vu Jannis.

Du coin de l'œil, il aperçoit Christian qui se dirige vers eux.

— Mme Spahn a vu Jannis sortir en courant. Après avoir déposé son bateau. Elle a encore parlé cinq minutes avec la mère.

Ben acquiesce. Cette partie de l'histoire semble du moins coller.

— Les images de la caméra de surveillance doivent être à nouveau visionnées. Pour le moment, il est impossible de distinguer quoi que ce soit en dehors des contours et des ombres.

— Est-ce que tu as vu un autre ours en peluche comme celui-là ? demande Ben.

Sarah lève les yeux.

— Comme celui qui est dans la classe ?

— Oui.

— Non. Il a été déposé plus tard. Nous, quand on est arrivés, il n'y avait pas d'ours, j'aurais remarqué.

— Ou bien il y en a plusieurs, ou alors, contrairement à Jannis, l'ours est revenu, dit Christian.

Tout en traversant la pelouse verte, en direction des rubans de signalisation, derrière lesquels se trouvent les gens, Ben pense à un ours qui marche, tout seul.

— Excusez-moi, dit-il. Est-ce que quelqu'un parmi vous a vu un homme avec un ours en peluche ? Ou peut-être avec deux ours en peluche ?

Silence.

— Deux ours assez grands, surdimensionnés, dit Ben.

— Oui, moi.

Ben cherche le visage correspondant à la voix.

— Deux ours. L'homme était dehors, dans la rue.

Ben découvre le visage d'un petit garçon. L'espace d'un instant, il croit que c'est Jannis.

— Tu as vu l'homme avec les deux ours en peluche ?

— Oui, je l'ai vu. Mais je ne savais pas s'il en faisait partie.

— S'il faisait partie de quoi ?

— Oui, il avait l'air de ne pas savoir s'il en faisait partie. Je veux dire du vide-grenier.

— Tu veux dire qu'il était… hésitant ?

— Exactement, dit l'enfant.

— Tu peux me dire comment il était ? Quel âge il avait ?

— Je sais pas. Jeune ou vieux.

Ben attend.

— En fait, d'une certaine manière, les deux. On aurait dit un enfant, avec les deux peluches. Mais aussi un vieil homme. Bien plus vieux qu'un enfant. Il avait… pas beaucoup de cheveux.

— Tu l'avais déjà vu avant ? Ici à l'école ? Il a parlé avec des gens ? C'est peut-être le papa d'un enfant ?

— Non.

— Non ?

— Non, il était tout seul.

— OK, est-ce que tu l'as vu avec Jannis ? Tu connais Jannis ?

— Non. Mais il y avait personne avec l'homme. L'homme était tout seul.

Ben hoche la tête. Seul, pense-t-il. Tout seul.

— Mais non, pas tout seul, évidemment, dit le garçon.

— Quoi ?
— Il avait les deux ours en peluche.

MARKO

Pendant que l'enfant était inconscient, Marko l'a couché sur le lit et a essayé sur lui les affaires qu'il avait commandées en ligne.

Le garçon dort toujours. Il est sans connaissance, n'a rien vu. C'est bien, ce n'est pas bien. Toute la journée se déroule autrement que prévu. De travers.

Il étend le garçon dans la baignoire. Dans le séjour, il allume la télévision. Son cœur fait un petit bond quand il voit que c'est un dessin animé qu'il aime bien.

Il s'assied dans le fauteuil, regarde les images, pense qu'il est fatigué et pourrait dormir, comme le garçon, peut-être rêver la même chose.

Dans un
monde digital
ma voiture
me dit
quand il est temps
de partir.

La voiture dont ils
rêvaient enfants
vient d'être dépassée.

Ma voiture connaît
mon nom,
mes objectifs.
Progrès. Liberté.
La conquête du
monde digital.

BEN

L'après-midi fait doucement place au soir. Ils sont assis dans la salle de réunion, la lumière chaude du soleil couchant filtre à travers les stores.

Malvi, le commissaire divisionnaire, est le seul debout. Peut-être parce qu'il ne fait que passer, peut-être parce qu'il doit se sentir au-dessus des autres. Peut-être pour d'autres raisons.

Ben se tourne vers le large écran, l'image vidéo est sur pause. Un homme, un garçon, un ours en peluche.

— Et c'est tout ? demande Malvi.

Christian se met à rire. Un petit rire bref et sec. Il est assis au fond derrière la table, comme toujours.

— Un chef, marmonne-t-il.

— Pardon ? demande Malvi.

— Vous parlez comme un chef, dit Christian. Ce que vous êtes d'ailleurs.

Malvi regarde Christian. Christian regarde Malvi. Aucun des deux ne détourne les yeux.

C'est tout, pense Ben. Un homme, un garçon, un ours en peluche.

— Je vérifie les canaux de distribution, dit Mark Lederer.

À voix basse, comme pour lui-même, comme toujours. Ben se penche un peu en avant pour comprendre ce qu'il dit.

— Pour savoir où l'usine fabrique et livre ces peluches, dit Lederer. Dans quels magasins de jouets ou grandes surfaces on peut les acheter. On le saura d'ici demain au plus tard. Est-ce que ça nous fera avancer… ça, j'en sais rien.

Malvi hoche la tête.

Une image se glisse devant celle que voit Ben. Il décroche. Chercher un ours, pense-t-il. Suivre sa trace, ses empreintes de pas. Mais quelqu'un le portait, il n'a donc pas laissé de trace.

— Et le père ? demande Malvi en s'adressant à Christian, qui s'était chargé de l'appeler.

— Il fait quelque chose qui a à voir avec la pub, dit Christian.

— Ah ah, et à part ça ?

— Il est à Berlin. Travaille en ce moment pour un groupe automobile.

— Ah ah, dit Malvi.

— Il ne ressemble pas du tout à l'homme sur la vidéo de surveillance, dit Christian.

— Bon.

— Il est en route, son vol atterrit à sept heures et demie à Francfort, j'y serai.

— Bien, dit Malvi.

— La famille donne l'impression d'être intacte, dit Christian.

Ben laisse la phrase résonner en lui. *La famille donne l'impression d'être intacte.*

— Jusque-là, les agents au sol n'ont pas fait de déclaration. Nous avons deux hélicoptères avec caméra thermique qui survolent la zone forestière jouxtant l'école, jusqu'à environ vingt-trois heures, dit Ben.

Malvi hoche la tête.

— 7 886 sur 8 234, marmonne Lederer, encore plus bas que d'habitude.

— Pardon ? demande Malvi.

— J'ai consulté les statistiques de l'année dernière, dit Lederer. 7 886 sur 8 234 enfants compris dans cette tranche d'âge, et jusqu'à treize ans, sont revenus ou ont été retrouvés. Ça correspond à un pourcentage de plus de 95 %.

Silence.

— Les 5 % restants concernent presque exclusivement des fugueurs récidivistes, des vagabonds. Ou des enfants qui ont été retirés à ceux qui en avaient la garde.

Des fugueurs récidivistes, des vagabonds, pense Ben.

— Vagabond, c'est bizarre comme terme, dit alors Lederer.

Il baisse les yeux sur la feuille de papier devant lui.

— On peut en conclure qu'il y a sans doute tous les jours beaucoup d'enfants dont on signale la disparition, mais que le pourcentage d'enfants que l'on ne retrouve pas est très bas.

Malvi se racle la gorge.

— Concernant le pourcentage restant, on peut craindre qu'ils aient été victimes d'un acte criminel ou d'un accident, qu'ils soient en situation de détresse ou ne soient plus en vie, lit Lederer.

— Vous avez fini, monsieur Lederer ? demande Malvi.

Lederer hoche la tête. Ben le regarde. Il a l'air terriblement triste. Parce que les statistiques ne lui ont fourni aucune certitude. Que Jannis aille bien. 5 % manquants. Ben se demande si Mark Lederer a des enfants. Il ne sait pas grand-chose sur lui, en fait rien du tout. Un homme silencieux, gentil, c'est tout.

— La police scientifique s'applique à rendre l'image de l'homme plus nette. L'image de la caméra de surveillance. Nous aurions besoin d'une image beaucoup plus nette pour pouvoir l'utiliser pour des interrogatoires ou des avis de recherche, dit Ben.

Il se tourne vers Malvi et voit qu'il a les yeux posés sur lui. Les yeux de Malvi cherchent les siens.

— Votre cas, dit Malvi.

Les paroles résonnent tandis que Malvi se détourne de Ben, hoche la tête en direction des autres et sort. Mon cas, pense Ben. Mon cas, mon cas. Malvi aime ces expressions. Mais cette fois, c'est différent.

Parce que c'est vrai.

Mon cas, pense Ben en fermant quelques secondes les yeux.

Rends-toi intéressant
par le voyage

profite
de l'instant vécu

CHRISTIAN

Christian observe les gens à l'aéroport. Ils vont et viennent, pressés. Des gens petits, d'autres grands. Des gens prétentieux, d'autres modestes. Des gens sympathiques, d'autres bizarres.

Il s'efforce de capter des regards. Compte. Fait des calculs. La majorité des enfants rient. La majorité des adultes sont impassibles. Deux petits enfants pleurent, dont un dans une poussette.

La majorité des nourrissons pleurent ou sont silencieux.

La majorité des adultes sont penchés sur leurs smartphones.

Certains sont très bruyants. Des rires stridents fusent, de la file d'attente au guichet d'enregistrement d'une compagnie asiatique dont le logo rose se détache nettement des autres. Des femmes rient. Une Asiatique, une Européenne, elles partagent un instant qui est drôle. Un instant où tout est différent.

— Excusez-moi, monsieur…

Il se retourne, encore ébloui par le rose de la compagnie asiatique, croise le regard de Mme Meininger.

— Madame Meininger, dit-il.

— Vous êtes bien un des policiers…

— J'attends votre mari, dit-il, je voudrais m'entretenir un instant avec lui. Christian Sandner. Vous avez parlé ce matin avec mon collègue, M. Neven.

Il lui tend la main, sent sa peau. Douce, fraîche. Christian Sandner, pense-t-il. C'est moi.

— Neuf lettres. Sept lettres.

Elle le regarde, perplexe.

— Mon nom. Le prénom a neuf lettres, mon nom en a sept.

Il s'étonne un peu de l'avoir dit tout haut. En général, il se contente de le penser. Quand il se présente à d'autres personnes, il pense presque toujours au nombre de lettres de son nom. Neuf et sept. Il oublie très rarement d'y penser.

Trois et neuf. Léa Meininger.

C'est une sorte de tic. De mantra. On dit comme ça ? Il pense à Nathalie, l'espace d'un instant. Nathalie rit après avoir compté les lettres. Nathalie n'a jamais appelé ça *mantra*.

— Où est Sarah ? Où est votre fille ? demande-t-il.

— Elle est restée à la maison, dit Mme Meininger. Elle voulait…

— Oui, je comprends.

Il comprend vraiment.

— Elle voulait être là au cas où Jannis viendrait. Ou au cas où… on le retrouve. Où on le ramène.

— Oui.

La porte du terminal d'arrivée s'ouvre et se ferme. S'ouvre et se ferme. Christian intercepte au passage les regards des gens, les retient, les lâche. Il ne sait plus comment est le père, le mari de Mme Meininger, il n'a pas de photo sous les yeux. Il a vu une photo, elle fait déjà partie du dossier de l'enquête mais il en a perdu le souvenir. Il essaie de se remémorer, de se faire une idée mais sans succès.

Six. Pense-t-il.

Jannis.

BEN

Avant de rentrer chez lui, Ben passe chez Landmann. Ça fait déjà un certain temps qu'il n'y est pas allé. Maintenant, il prend la direction de chez lui comme si c'était tout à fait évident, comme si c'était la chose la plus évidente qui soit. D'aller voir Landmann. Il ne l'a pas eu au téléphone mais il est certain qu'il sera chez lui.

La maison de Landmann baigne dans la lumière dorée du soleil couchant. Ben ressent un pincement au cœur en descendant de voiture, le gravier crisse sous ses pas. À l'arrière-plan, au bout du vaste jardin, le lac est comme un mirage, comme un tapis bleu foncé qui viendrait juste d'être déplié. Rien que pour lui, pour cette seule raison. Pour qu'il puisse le voir, le lac bleu foncé. Le tapis bleu foncé.

Courir, jusqu'au ponton, plonger, rester sous l'eau.

— Ben.

Ben lève les yeux.

— Je suis content de te voir, dit Landmann.

Il est sur le pas de sa porte.

— C'est moi qui devrais dire ça, dit Ben.

Il sourit. Pour la première fois de la journée, il sent vraiment un sourire. Un sentiment étrange, lointain, qui est soudain tout près, à portée de ses lèvres.

D'un geste, Landmann lui fait signe d'entrer et il le suit à l'intérieur de la maison. Des ombres jouent sur le mur. Un jeu qu'il ne comprend pas et ça lui plaît. C'est bien qu'il ne comprenne pas le jeu. C'est bien de savoir que c'est Landmann qui gagnera la partie. S'il jouait, mais Landmann ne joue pas, ne résout aucune énigme, n'est pas enquêteur. Ne l'est plus.

— Assieds-toi, dit-il, il se dirige vers le réfrigérateur, prend une bouteille de vin blanc, l'ouvre.

Que c'est beau, pense Ben. Les jeux d'ombre et de soleil sur les murs blancs. Il s'assied sur le canapé clair.

— Comment vas-tu ? demande-t-il.

— Oh, dit Landmann. Bien.

— Tant mieux.

— Et toi ? Vous ?

C'est typique de Landmann. De ne pas penser qu'à Ben, d'inclure dans sa question Svéa et Marlène.

Oui. Comment va-t-il ? Comment va Svéa ? Comment va Marlène ?

— Je crois que Marlène va très bien, dit-il. Elle se débrouille bien, a beaucoup d'amies. Profite du moment.

Oui, c'est vrai. Maintenant que Landmann lui pose la question, il le réalise. C'est bien, ça aussi, que Marlène, sa fille, aille bien. Qu'elle soit heureuse dans sa vie, insouciante, du moins pour le moment. Et Jannis marche avec un ours en peluche. En tenant la main d'un inconnu.

— Et Svéa ? demande Landmann.

— Bien aussi, dit Ben.

Ça sonne creux, vide, c'est pourtant la vérité. Il pense vraiment que Svéa va bien.

— Elle vole beaucoup. C'est son job, elle est maintenant chef de cabine, c'est elle qui dirige l'équipe. Elle rentre de Corée, elle a un peu ressenti le décalage horaire, mais à part ça, tout va bien. Je crois que le jet-lag vers la Corée est plus pénible qu'au retour. Donc ce n'est pas trop mal.

Landmann acquiesce. S'arrête. Le regarde, en souriant.

— Et toi ?

Ben ne répond pas. Landmann attend. Pas trop mal, pense Ben.

— Hum, dit-il.

— Une affaire difficile ?

Ça aussi, typique de Landmann. Remuer le couteau dans la plaie. Avec un sourire de connivence. Que sait-il au juste ?

— Oui, dit-il, un enfant a disparu. Un garçon.

Landmann se tait. Ferme les yeux. Les ouvre.

— Jannis, dit Ben. Cinq ans.

— Qu'est-ce que vous savez ? demande Landmann.

— Trop et pas assez, dit Ben.

Landmann attend.

— Nous ne savons pas où il est. Comment il va. Nous savons qu'il a probablement été kidnappé. On a les images d'une vidéo de surveillance. Elles font pencher pour cette hypothèse.

Landmann apporte les verres, les met sur la table. Le vin blanc pétille légèrement. Landmann s'assied dans le fauteuil, en face de Ben.

— Je suis désolé, dit-il.

Ils restent assis un moment, à chercher leurs mots. Ben du moins, mais il se sent aussi curieusement léger et absent. En fait, il ne cherche pas vraiment. Il pourrait presque dormir. Landmann lève son verre.

— À la tienne, dit-il.

Le dit-il vraiment ?

Ben lève son verre, il est lourd. Il trinque doucement avec Landmann, les verres tintent, résonnent.

Il a envie de demander : Pourquoi la mienne ? Mais il ne dit rien.

— Je vous souhaite de tout cœur de retrouver bientôt ce garçon, dit Landmann.

— Je peux te décrire brièvement ce qui s'est passé ?

— Bien sûr.

— Bon. Un vide-grenier. Dans une école. Dehors, sur une grande pelouse. Des instituteurs, des parents, des élèves. Des tables avec les objets à vendre. Vers midi, les Meininger arrivent. La mère, la fille et le petit Jannis. Peu après que la mère et la fille ont déposé les affaires dans une des classes, Jannis disparaît.

Landmann hoche la tête.

Ben ferme les yeux. Le soleil, pense-t-il. Il y a du soleil.

— Il y a du soleil, dit-il, quand j'arrive. Tu connais mon collègue Christian ?

Landmann secoue la tête.

— Il est très particulier mais je l'aime bien. Je crois qu'il ne prend rien vraiment au sérieux. Il ne peut pas.

— Ah bon ? demande Landmann.

— Oui, il ne peut pas. On dirait qu'il cherche… son centre.

— Hum, dit Landmann.

— Tu comprends ?

— Je crois que oui. Peut-être. Ce n'est pas fréquent.

Soleil couchant, soleil levant, pense Ben. Et le soleil entre les deux, vers midi et l'après-midi. Il est arrivé à l'école l'après-midi.

— Nous avons pu sauvegarder les images d'une caméra de surveillance. Dans un garage souterrain attenant, dit-il.

— Et que montrent-elles précisément ?

— Le garçon. Jannis. Sans aucun doute. Et un inconnu.

Landmann attend. Comme s'il savait qu'il manque quelque chose.

— Et un ours en peluche, dit Ben.

— Un ours ?

— Un gros ours en peluche. Apparemment, c'est l'homme qui l'a apporté. Il en avait même deux. Un est resté dans l'école. Je pense que nous pourrons en tirer des indices exploitables. De cet ours. Mais nous ne savons pas encore s'ils pourront nous être immédiatement utiles.

— Personne n'a vu l'homme ? On ne l'a pas remarqué ?

— Non. Seul un petit garçon l'a vu. De l'âge de Jannis. Il a dit que l'homme était à l'écart. Hésitant.

Landmann plisse les yeux.

— Qu'il était seul. C'est ce que le garçon a dit. Seul, avec deux ours.

— Seul. Ensemble, murmure Landmann, le regard dans le vague. Ben pense que Landmann raisonne par analogie. Maintenant, en cet instant précis.

X correspond à *y*.

Seul. Ensemble.

À l'époque, quand Landmann était encore en fonction, les collègues le surnommaient le *mathématicien*. Le *mathématicien* est déjà sur place. Le *mathématicien* va savoir ce qu'il faut faire. Ce surnom a fini par remplacer de plus en plus souvent le vrai nom de Landmann.

— Un homme doux. C'est la première impression. Doux, gentil, dit Landmann.

— Quoi ?

— Puisque personne ne l'a remarqué, malgré les deux gros ours. Il a fini par se fondre avec eux, peut-être même par leur ressembler ?

— Aux ours en peluche ? demande Ben.

— Oui. Tu vois ce que je veux dire. Son look ne choquait pas. Avec les ours.

Ben attend.

— Les ours étaient le point de mire, cependant, personne n'a vraiment fait attention. Les regards n'ont fait qu'effleurer l'homme, personne ne s'est particulièrement attardé. Parce que l'homme et les ours constituaient une entité. Il n'y avait pas de contradiction. On peut en déduire que l'homme a des traits doux, peut-être même juste un peu vagues, des traits qu'on ne remarque pas. Physiquement, il est du genre débonnaire, peut-être corpulent. Mais discret. Un surpoids discret, à peine perceptible, des vêtements légers, qui ne se remarquent pas. Tee-shirt et pantalon. Quiconque le voit ne ressent pas l'ombre d'un danger ou d'une agression émanant de lui.

Ben observe Landmann tandis que ses paroles tombent doucement comme des flocons de neige formant une fine couche au sol.

— Sur la caméra de surveillance, on distingue l'homme assez nettement ? demande Landmann.

— Malheureusement non. Il est un peu de profil.

Landmann hoche la tête.

— Mais ce que tu dis correspond bien à la silhouette qu'on voit sur la vidéo, dit Ben.

Landmann penche la tête.

— L'ours, dit-il.

— Oui ?

— C'est l'homme ou l'enfant qui le porte ?

— C'est l'enfant. Il l'a dans la main.

— Oui.

— Pourquoi ? Tu penses que c'est pour ça que l'enfant l'a suivi ? Parce que l'homme lui a offert l'ours ?

— Oui, probablement.

Des équations, pense Ben.

Un ours, un bateau.

Il avait déposé quelque chose juste avant. Un bateau de pirates. Un Playmobil.

— Je connais ça, dit Landmann malgré lui.

X égale *y*.

Ours. Bateau de pirates.

— L'enfant s'est fié à sa bonhomie.

Ben réfléchit à ce qu'il vient de dire.

— Et c'est compréhensible. Comme j'ai dit, il n'émanait de cet homme aucun danger. En apparence, dit Landmann.

Ben pense à Svéa. À Marlène. Rentrer bientôt chez lui. Dîner. Demander comment elles vont. Comment s'est passée cette journée ensoleillée.

— C'est mauvais, dit Landmann.

— Quoi ?

— C'est mauvais, dit Landmann.

Il se lève brusquement. Ben sursaute. Cherche le regard de Landmann. Landmann pose le bras sur le dossier du fauteuil. Comme s'il avait besoin de se soutenir.

— C'est mauvais, répète-t-il. Ça ne me plaît pas, ça ne colle pas. Ça ne devrait pas être.

— Qu'est-ce qui ne devrait pas être ?

— Que cet homme ressemble à un ours en peluche.

CHRISTIAN

En voyant le père de Jannis, il se souvient de lui. Un homme qui passe inaperçu. De taille moyenne, mince. Léa Meininger s'avance lentement vers lui. Christian s'arrête, les voit s'embrasser. Puis il se produit quelque chose d'étrange. Quand l'homme se met à parler, c'est comme si l'image que Christian a sous les yeux basculait. Christian plisse les yeux. Puis les ferme.

— Tu sais quelque chose ? Du nouveau ? demande l'homme, le père de Jannis. Comment est-ce possible ?

— Je ne sais pas, dit Léa Meininger.

— Mais vous êtes juste allés à ce truc de l'école. Ce vide-grenier.

— Oui. Et ce monsieur est… dit la femme.

Christian ouvre les yeux.

— Sandner, dit Christian. Christian Sandner. Je suis chargé de l'enquête.

L'homme s'avance vers lui, lui tend la main et Christian reprend lentement ses esprits, revient de l'autre monde dans lequel tout est devenu un film. Une scène de film où, dans un aéroport, un père inquiet, sa femme dans les bras, pose des questions insistantes.

— Est-ce que vous savez où se trouve Jannis ? demande l'homme.

Un comédien, pense Christian. Mais non, c'est autre chose. Quelque chose de différent. Ce n'est pas le comportement de l'homme qui le trouble, c'est…

— Vous devez bien savoir quelque chose.

… la voix.

— Oui, dit Christian.

— Oui ? demande l'homme.

— Pardon ? dit Christian.

— Vous dites que vous savez quelque chose. Sur notre fils, Jannis.

— Oui, nous avons lancé des recherches auxquelles participent un grand nombre de nos agents. Des hélicoptères y ont également été associés.

L'homme hoche la tête. Se tait. Et Christian trouve l'image qui correspond à la voix. Les mots qui correspondent à l'image. *Dans un monde digital, ma voiture me dit quand il est temps de partir. Ma voiture connaît mon nom, mes objectifs.*

C'est le spot de publicité qui passe avant que commence la série de Christian. La série traite d'un policier autiste et de sa collègue solitaire, légèrement nymphomane. Bien ficelée cette série. Bien construite. Si bien qu'il la suit malgré les perpétuels rebondissements absurdes de l'histoire. Ou justement à cause d'eux.

Avant chaque nouvel épisode, un spot publicitaire montre une limousine qui traverse un paysage qui rappelle à Christian le Grand Canyon. Il s'est demandé si c'était le Grand Canyon. Ou s'il se l'imagine seulement. *Les uns appellent ça le progrès. Pour moi, c'est la liberté. La conquête du monde digital. La voiture dont ils rêvaient enfants vient d'être dépassée…*

— Dites-moi…, dit-il.

L'homme, Meininger, attend.

— Je…

Jannis, pense Christian. Des hélicoptères ? Ils explorent la grande forêt, à la périphérie de la ville. La vue en plongée offre une autre image. Les formes prennent forme. Des chemins effilochés deviennent linéaires, les démarcations nettes. Champ, forêt, ville. D'en haut, il voit aussi la voiture de sport qui traverse le Grand Canyon.

À moins que ce soit une steppe, un désert ? Du sable tourbillonne. Il observe Dirk Meininger, cherche les mots qui composent la question qu'il voudrait poser.

— Vous êtes, comme on dit, une sorte de… doubleur professionnel ? demande Christian.

BEN

À la maison, pense Ben en s'engageant dans l'allée.

Il descend de voiture, l'air du soir l'étreint, la chaleur du soleil lui fait du bien, la soirée est comme un tableau.

Une peinture. L'œuvre d'un artiste qu'il ne connaît pas. Brise tiède, chair de poule. Marlène est sur le pas de la porte, dans la lumière du soir.

— Bonsoir papa, s'écrie-t-elle.

— Bonsoir ma chérie, répond-il.

De vagues images s'interposent tandis qu'il approche. Il se concentre sur le sourire de Marlène, les images sont des souvenirs. De lointains souvenirs. Toute une nuit l'en sépare. De chaque côté du petit escalier qui mène à la maison, il y a les fleurs, aux couleurs que Svéa a choisies. A-t-elle préparé cette soirée ? Avec Marlène ? Il enjambe deux marches d'un coup. Soirée en couleurs, pense-t-il. La nuit ne viendra peut-être pas, peut-être que les couleurs refuseront de s'estomper.

— Alors, comment s'est passée ta journée ? demande Marlène.

Il sourit. Regarde Marlène. Qui, déjà, pose ce genre de questions. Des questions d'adulte. Sérieusement.

— Bien, dit-il.

Elle hoche la tête.

— Et toi ? C'était comment avec Hanna ?

— Bien. On est allées se baigner. Sofie est venue avec nous.

— Une bonne journée donc ?

— Oui, on a essayé le toboggan des garçons.

— Ah oui ?

— Celui des plus grands. C'est presque toujours des garçons plus grands qui le prennent. Et nous.

Ben se met à rire. Pour la première fois de la journée.

— Bravo Marlène !

— Maman a fait des pâtes, dit-elle, avec sa sauce aux champignons.

Ben hoche la tête.

— C'est moi qui lui ai demandé, dit Marlène.

DIRK

La question est restée en suspens. Si massive, si déplacée qu'il ne sait que répondre, bien que la réponse soit apparemment simple.

— Pardon ? demande Dirk Meininger à la place.

— Je pensais juste que je connaissais votre voix et elle m'a évoqué cette publicité, ce spot où la voiture blanche traverse une sorte de désert.

— Ah oui. En effet, c'est moi, dit-il.

— C'est vous qui dites le texte ?

— Oui, je suis comédien et je travaille souvent dans la pub, le livre audio et les postsynchronisations.

L'homme hoche la tête. Le policier. Un homme très jeune, dégingandé, grand. Intuitivement, Dirk Meininger s'est un peu éloigné de lui pour ne pas devoir lever trop manifestement les yeux vers lui.

— Je comprends, dit simplement le policier.

Dirk Meininger pense à Jannis tout en cherchant à capter le regard de l'homme. Il n'arrive pas à saisir cette idée. Jannis. Il l'a devant les yeux, mais l'idée ne bouge pas, Jannis non plus. Quand il est parti il y a deux jours, il ne l'a pas vu. Il était tôt, son taxi pour l'aéroport est arrivé à cinq heures et demie. Les autres dormaient encore. Léa, Sarah, Jannis. La maison était silencieuse, il a pris un café, seul dans la cuisine et s'est vaguement demandé pourquoi ils vivaient là. Dans cette grande maison aux baies vitrées.

— Oui, dit l'homme.

Comment s'appelait-il ? Sandner.

— Où ? demande-t-il.

— Pardon ?

— Où sont les hélicoptères ?

Je n'entends rien, pense-t-il.

— Où sont-ils déployés ? Combien y en a-t-il ? Qu'en pensez-vous ? Qu'est-ce qui a pu se passer ?

L'homme, Christian Sandner, répond à son regard. Dirk pense qu'il a peut-être posé trop de questions, maintenant il ne recevra plus aucune réponse. Il transpire. Il a horreur de transpirer. Un souvenir s'interpose, celui d'un soir, sur la scène, où il s'était mis à transpirer. Quand une ligne du texte s'était retirée dans l'obscurité, lors d'une pause. Pas de pause, pense-t-il. Léa est comme dans l'ombre, derrière le policier qui n'a pas l'air d'un policier.

— Les recherches se concentrent sur la partie de la forêt qui est derrière l'école et les lotissements adjacents. On explore d'abord un périmètre délimité qui peut être élargi, dit-il.

— Que s'est-il passé, demande Dirk. À votre avis ?

Léa, à l'arrière-plan, dans l'ombre, tressaille. A-t-il posé une question à laquelle elle ne voudrait pas entendre de réponse ? L'homme, Christian Sandner, hésite.

— Racontez simplement ce que vous savez, dit-il.

— Il y a une photo que je voudrais vous montrer.

— Quelle photo ?

Le policier sort une photo de la poche de sa veste. Une photo sous un film transparent.

— Cette photo provient de la caméra de surveillance d'un parking. C'est le seul indice dont nous disposons pour le moment. Sur ce détail, vous voyez uniquement un homme, un extrait de la photo…

Dirk Meininger regarde la photo floue. Ne dit rien. Parce que les mots lui manquent. Se sont retirés, dans l'ombre.

— Qui est-ce ? demande-t-il.

Le policier se tourne vers Léa, Léa regarde à son tour la photo. Recule, se penche de nouveau. En fronçant le front.

— Qui est-ce ? répète Dirk Meininger.

— Est-il possible qu'un de vos amis ou de vos proches ait été présent à ce vide-grenier ? Que Jannis soit parti avec lui parce qu'il le connaissait ?

Dirk Meininger plisse les yeux. Bien sûr que non, pense-t-il. Jannis ne part jamais avec personne sans le dire à sa maman ou à sa sœur.

— Non, dit-il. Qu'est-ce que vous racontez ? Un ami, un proche ?

— Il n'y avait personne, dit Léa.

On entend à peine sa voix. Parce qu'elle est à l'arrière-plan. Une voix off. Décor sophistiqué, l'aéroport, des gens pressés, qui ont un but. Savent où ils vont et pourquoi.

— Il faut que vous le retrouviez, dit Dirk Meininger.

Oui, pense-t-il.

Enfin, elle est là, la phrase qui sort de l'ombre, la seule phrase importante.

BEN

Le dîner est bon. Svéa a l'air fatiguée. Fatiguée mais heureuse. Marlène raconte la piscine, le toboggan des garçons et le maître-nageur qui a fait son intéressant parce qu'elle a sauté du bord de la piscine dans l'eau.

— Un type qui n'a pas le sens de l'humour, dit-elle, et Ben ne peut s'empêcher de rire.

— D'où tu tiens cette expression ? demande-t-il.

— Quoi ?

— Rien.

— Mais quoi ?

— Papa veut probablement dire que tu parles comme une adulte, dit Svéa. Comme toujours, le mot juste.

— Mais j'en suis une, dit-elle en riant.

Espiègle, pense Ben. Adulte, enfant, pense-t-il. Marlène adulte. Jannis disparu.

— C'était comment, le Japon ? demande Marlène.

— La Corée, dit Svéa en souriant.

— Mais ils ont aussi des yeux différents, dit Marlène.

— C'est vrai, dit Svéa.

Des yeux différents, pense-t-il. Voir avec des yeux différents. Dans sa poche de pantalon, son smartphone vibre. Il le prend, regarde le numéro sur l'écran. Lederer.

— Un instant, murmure-t-il.

Il fait quelques pas, s'éloigne de Svéa, de Marlène.

— Marc ? dit-il.

— Allô, Ben. Jusque-là, les recherches n'ont rien donné. Elles continuent encore une bonne heure et reprendront évidemment demain matin.

— Bien, dit Ben.

— Nous avons commencé à passer au crible le contexte familial. Nous avons pour le moment une première liste des personnes dans l'entourage familial, que nous étofferons progressivement. Elle est à la disposition du groupe d'enquêteurs dans l'intranet et aussi sur ton bureau.

— Parfait, dit Ben.

Progressivement, pense-t-il.

— À première vue rien de particulier. La femme a un frère mais qui ne ressemble en rien à la silhouette sur la vidéo de surveillance.

— OK.

— Pareil pour le prof de piano de la fille. Un étudiant en musique de vingt et un ans, très mince, pour ne pas dire maigre.

Ben hoche la tête. *Pas un ours en peluche*, pense-t-il.

— Je consulte à présent les réseaux sociaux. Tous les trois, la mère, le père et la fille nous ont donné accès à leur compte Facebook. Je t'ai envoyé leurs identifiants par mail.

— OK.

— Ah oui, encore une chose. Il n'y a pas eu de demande de rançon. Pour le cas où ça se produirait, tout est prêt du côté de la police scientifique. Christian a attendu le père à l'aéroport et les a raccompagnés tous les deux chez eux, le père et la mère de Jannis. Il y est encore.

— OK, dit Ben. Je te remercie.

— À bientôt, Ben, dit Mark Lederer.

Ben laisse retomber son smartphone. Marlène a allumé la télévision, le décor bleu d'un jeu télévisé s'affiche sur l'écran.

— C'est grave ? demande Svéa, toujours assise à table, son verre de vin rouge dans la main.

— Oui. Un enfant a disparu.

Svéa ne dit rien. A l'air de réfléchir au choix des mots. À les confronter à ses propres peurs.

— Oh là là, dit-elle alors.

— Oui, dit Ben.

D'une certaine manière, il est soulagé que Marlène s'étire sur le canapé et semble se concentrer sur les questions de l'animateur télé.

— Oui. C'est pour nous, murmure-t-il. Je vais de cendre voir les documents que Lederer a envoyés…

— Tu as raison, dit Svéa.

Il se lève, ses idées tourbillonnent comme des flocons de neige devant ses yeux, doux, légers, frais.

— Vous allez le retrouver ? demande Marlène.

Il se tourne vers elle. Elle est allongée sur le canapé, confortablement, le smartphone dans une main et le dessert, une barre de chocolat, dans l'autre.

— Quoi ? demande-t-il.

— Vous allez le retrouver ? L'enfant, dit Marlène.

Ben hésite. L'animateur sur l'écran demande le nombre de nominations aux oscars. Nomme des actrices, plisse les yeux, il croit connaître la réponse. Il connaît les actrices, il devine celles d'entre elles qui ont juste été nominées, jamais récompensées. Une actrice qu'il aime bien.

— J'espère, ma chérie, dit-il.

Marlène hoche la tête. Se tourne de nouveau vers le téléviseur et Ben descend l'escalier qui mène dans son bureau, plongé dans l'obscurité. Il reste un instant dans l'ombre avant d'allumer la lumière.

CHRISTIAN

— Merci de nous avoir accompagnés, dit Léa Meininger.

Elle est assise sur un canapé d'un blanc immaculé, près d'elle un chat lui aussi d'un blanc immaculé.

— Je vous en prie.

Il se trouve dans un gigantesque cube. Le cube est la maison des Meininger. Il ne s'attendait pas à ça. Il ne sait pas à quoi il s'attendait.

Mais cette maison, ce cube, jamais il n'y aurait pensé. Il ne s'attendrait à une chose pareille chez personne. Même pas chez Malvi. Malvi est prétentieux, égocentrique et bien payé mais Christian n'imaginerait jamais Malvi dans un cube en verre comme celui-ci.

— Oui, merc…, dit Dirk Meininger. Le doubleur. La voix résonne. Elle ne sort plus de la tête de Christian. Elle se mêle à d'autres images, d'autres scènes. Avec un lion, chef d'une bande d'animaux qui fait régner l'insécurité dans les rues de New York. Ou de Los Angeles. Il n'est pas très sûr, mais ce qui est certain c'est que la voix de ce lion est celle de Dirk Meininger. Ou l'inverse.

Un film d'animation. Un grand écran de cinéma. C'était par une belle journée. L'anniversaire de Marlène, dix fillettes d'excellente humeur, Marlène d'excellente humeur. Ben lui avait demandé de l'aider à les emmener au cinéma. Svéa était restée à la maison, elle préparait le dîner, des pâtes qu'ils avaient mangées le soir après le film.

Oui, quand il y repense, c'était une belle journée. Quand était-ce ?

L'année dernière.

— Si Jannis était plus grand, il aurait un smartphone et on pourrait l'appeler, dit Léa Meininger.

Son mari lève les yeux, la regarde fixement.

— Puis-je vous offrir quelque chose à boire ? demande-t-elle.

— Oh… c'est très gentil, non, merci, dit Christian.

Il y a autre chose, pense-t-il. Quelque chose d'important qui sommeille à l'arrière-plan, de semi-inconscient. Concernant la voix de Dirk Meininger. Il a l'impression de n'avoir pas encore compris le plus important. Il ferme les yeux, laisse la voix de Meininger glisser sur lui, la compare à des images, à des scènes qui se jouent dans l'ombre.

— Je… prendrais bien quelque chose. Un… je ne sais pas quoi, dit Meininger. On a quelque chose de froid ?

Christian regarde le chat qui s'étire sur le canapé, à côté de Léa Meininger. Les yeux à moitié fermés, mais vigilant. Son regard va au-delà de la baie vitrée, dans le jardin sombre où scintille, dans une lumière dorée, l'eau d'une piscine.

Léa Meininger s'est levée. Christian entend des tintements de verres. Elle revient, avec un verre, peut-être un jus de pomme avec de l'eau gazeuse.

— Où est Sarah ? demande Dirk Meininger en prenant le verre.

— En haut, dit-elle. Je suis allée voir en vitesse. Elle dormait.

Meininger hoche la tête.

Dormir, pense Christian. Dormir jusqu'à ce que tout soit différent. Maintenant, la voix a un visage. Christian se concentre sur l'image que ses pensées ont libérée. Un lutteur. *Wrestling*. Un paquet de muscles, truffé de testostérone, d'alcool et de drogues. Mais qui lutte contre le démon sous la peau. Un de ses films préférés. Il a la question sur le bout de la langue mais il ne la pose pas car il connaît la réponse. Dirk Meininger a donné sa voix au lutteur. Comme au lion. Il le regarde. Un homme aux cheveux clairsemés, qui ne se remarque pas. Dirk Meininger porte le verre à sa bouche.

Une belle journée, pense Christian. L'anniversaire de Marlène. C'est drôle qu'il ne le réalise que maintenant. Que c'était une belle journée.

Peut-être parce que tout était si authentique, si immédiat, excepté la voix du lion.

BEN

La nuit s'insinue et Ben lit. Le peu de choses qui ont été retenues dans le dossier. Interrogatoires infructueux auprès des personnes présentes au vide-grenier et des riverains de l'école. Un premier compte rendu du coordinateur des recherches au sol ; un plan d'action pour les pilotes d'hélicoptère, une liste des contacts que Mme Meininger a transmise à Mark Lederer et qu'il a probablement complétée soigneusement lui-même, avec les noms, dates de naissance et brèves biographies des personnes.

La liste sera progressivement complétée, a ajouté Lederer entre parenthèses. Il a envoyé dans un message à part les identifiants aux comptes Facebook, en précisant qu'on a l'accord des parents et que le compte de la mère a déjà été consulté, sans qu'il n'y ait toutefois le moindre indice quant à l'endroit où pourrait se trouver ledit Jannis.

Ledit Jannis, pense Ben. Il a parfois l'impression que Mark Lederer tire de son jargon administratif quelque chose qui a de l'importance pour lui. Une force ou une sorte de certitude. D'orientation ? Il se promet de lui poser la question, à l'occasion.

Ben se connecte sur le profil du père. Dirk Meininger. Quelques instants, pendant que la page se charge, il a l'impression de se mettre dans sa peau. Dans la peau d'un homme qu'il ne connaît pas.

Ce qui est surprenant, c'est que le premier compte renvoie aussitôt à un deuxième. Dirk Meininger possède un compte privé et un autre ouvert à tout le monde, sur lequel il se présente comme *comédien, voix off pour pièces radiophoniques, postsynchronisations et livres audio* et comme *voix de Robert Leroy*. Une photo de la star américaine sur un tapis rouge qui sourit à l'appareil photo trône juste à côté de la photo de Dirk Meininger, qui sourit également. Presque comme s'il voulait ne faire qu'un avec Leroy. Se fondre en lui.

Ben met quelques secondes à saisir ce que cela veut dire. S'il comprend bien, Meininger est un comédien de voix off professionnel qui double, entre autres, les films de Leroy, lauréat américain d'un Oscar.

Ben se concentre malgré lui sur la voix, et il l'entend vraiment. Une voix rauque, à la fois chaude et grave. La voix de Leroy. La voix de Meininger ? Dirk Meininger ? Père de Jannis ? Il ouvre une nouvelle fenêtre, tape un titre de film, finit par le trouver. Quelques secondes plus tard, Warrior parle. Le lutteur. Grave, chaude, rauque. Il a du mal à associer cette voix avec la photo de Dirk Meininger.

Il a la tête qui tourne, se redresse. Se lève. Fait quelques pas devant son bureau, dans un sens et dans l'autre. La bande-annonce passe sur l'écran. *Warrior.* Warrior alias Robert Leroy, est soulevé, lancé en l'air, par un *fighter*, encore plus trapu, plus grand, plus méchant que lui.

Ben se rassied, ferme les yeux. Se demande où est Jannis maintenant. Que s'est-il passé ? Et pourquoi ?

Cette question lui tourne dans la tête, puis s'égare. Il perd le fil. Il se tâte comme s'il avait vraiment eu un fil dans les mains, comme si le fil lui avait vraiment glissé des doigts.

L'espace de quelques secondes, il cherche l'origine de la vibration qui fait trembler le panneau de son bureau. Il le regarde, perplexe. Puis ses yeux tombent sur le smartphone. L'écran est allumé. Une mélodie que Marlène a enregistrée retentit. C'est un appel. Il regarde le numéro, la suite de chiffres, un numéro qu'il ne connaît pas. Pas dans cet ordre. Il connaît les chiffres bien sûr, chaque chiffre en soi, mais dans cet ordre-là, ça n'a pas de sens pour lui.

En attrapant son smartphone, il se demande si ce ne devrait pas être autrement. Précisément l'inverse. Que les détails d'une image restent étrangers mais que l'image dans son ensemble dévoile une signification. Cette idée résonne en lui, il prend la communication et cherche le visage correspondant à la voix qu'il entend.

— Monsieur Neven ?

Il ne dit rien. Cherche, les yeux plissés. Un visage. Un nom. Son regard survole d'autres chiffres, en bas de sa tablette. 00.47. Quarante-sept minutes après minuit.

— Allô ? Excusez-moi…

— Sarah, dit-il.

— Oui, c'est moi. Vous aviez donné votre numéro à ma mère.

Il s'en souvient. Cela le rassure un peu. Tout a un sens, pense-t-il, rien n'est inexplicable.

— Vous avez dit à ma mère qu'elle devait… et pouvait vous appeler n'importe quand. Si elle avait des questions.

— Oui, bien sûr.

— Je ne pouvais pas dormir.

Il attend. Cherche dans le silence les mots dont il sait qu'il ne les trouvera pas. Les mots qui permettront à Sarah, la sœur de l'enfant disparu, de retrouver le sommeil.

— Vous savez où se trouve Jannis ? demande Sarah Meininger.

Il ne répond pas.

— Où il pourrait être ? Ce qui peut s'être passé ?

— Non, dit-il. Non, malheureusement. Cela prend du temps.

— Mais vous allez le trouver ?

Il veut répondre quelque chose, s'arrête.

— Vous devez le trouver, c'est bien votre rôle ?

Mon rôle, pense-t-il. Oui, bien sûr.

— Oui, dit-il, je souhaite trouver Jannis, de tout mon cœur. Je vais faire tout ce qui est en mon pouvoir.

Silence.

Ses propres paroles résonnent. Il est lui-même surpris de la violence avec laquelle il les a prononcées. Et a pesé chaque mot.

— Bon, dit Sarah.

Oui, pense-t-il. Il a le sentiment de devoir ajouter quelque chose. Mais il ne trouve plus rien.

— Bon, je vais essayer de dormir, dit-elle.

— Oui, tâche de dormir, dit-il.

— Oui, au revoir.

— Dors bien, dit Ben.

Il laisse retomber le smartphone, regarde l'écran lumineux de son ordinateur. Le *Warrior*. Un film à suspense. La bande-annonce, qui est sur pause, voudrait donner l'impression que c'est le film le plus captivant de tous les temps mais ce n'est pas vrai. Cela dépend de toute manière de l'œil de celui qui regarde.

Il se demande pourquoi Dirk Meininger, le père de Jannis, a une voix qui ne lui appartient pas.

Puis les images disparaissent. Les unes après les autres, en l'espace de quelques secondes. D'autres s'enchaînent. Gris sur blanc. Peu à peu, elles se détachent, sur le fond lumineux. Des images grises chatoyantes. Ben veut les voir en couleurs. Aussi chatoyantes qu'en réalité.

Il se lève, marche, s'arrête. Il pense à Jannis, le voit devant lui, il rit. Jannis, membre du groupe des dinosaures. Le rire d'un enfant sur la photo de l'avis de recherche d'une enquête en cours.

Il croit mieux distinguer, croit avoir rendu l'image plus nette mais ce n'est pas vrai. Les images s'accélèrent, derrière son front, la douleur s'installe, elle s'arrêtera quand une image s'immobilisera. Sous ses yeux. Une image de son choix.

Il s'assied. Prend une clé USB dans une petite boîte qui se trouve sur le bureau. Repose ses mains, le bout de ses doigts sur le clavier. Un contact à peine perceptible.

Puis ses doigts s'agitent, dans un but précis. S'arrêtent, prennent une décision, dissociés du corps, indépendamment de lui. Sur l'écran, le décor apparaît, plus clair. Une plage, de l'eau, le ciel. Un enfant nu.

Un deuxième enfant apparaît, il court en trébuchant, instable. Il tient un ballon de couleur, le lance, l'autre l'attrape, en tendant les bras et les jambes devant lui.

Ben fait un arrêt sur image.

Les enfants rient, comme Jannis.

Ben ne les quitte pas des yeux. Il laisse ses mains errer, jusqu'à ce que, à hauteur de sa ceinture, elles se posent, sur son entrejambe. Il entend le gémissement qui s'échappe de ses lèvres, très net. La douleur derrière son front diminue enfin.

DEUX

Bruce Wayne alias Batman
a retrouvé sa confiance
en l'humanité
grâce au soutien de Superman.
Mais Steppenwolf, ce méchant,
revient sur Terre
à Themyscira,
l'île des Amazones
avec une armée
de paradémons...

LÉA

Elle se réveille en pensant à un fils qui n'est pas le sien. Un garçon inconnu, plus âgé que Jannis. Un âge où elle ne connaît pas encore Jannis. Le garçon marche en poussant une bicyclette le long d'une route. Il est seul.

Elle se lève, se dirige vers le couloir clair de la salle de bains et l'image disparaît. Elle réalise vaguement que la place de Dirk dans le lit est restée intacte. Elle perçoit une voix masculine qui n'est pas celle de Dirk. Elle vient du téléviseur, c'est la voix neutre d'un présentateur du journal.

Elle s'arrête un instant, tend l'oreille puis va dans la salle de bains, enlève sa chemise de nuit, entre dans la douche et fait ruisseler de l'eau froide sur elle. Elle ferme les yeux. Un certain temps. La chaleur est intense mais elle ne franchit pas la surface de sa peau. Comme si seule la première couche de peau était brûlante, les autres épargnées. Sèches et froides.

Quand elle pénètre dans le séjour, Dirk est avachi sur le canapé. Sur l'écran, les images d'un magazine matinal, une femme prépare des petits gâteaux, vêtue d'un tablier blanc.

— Il n'y a rien eu aux infos, marmonne Dirk.

Très bas, mais elle comprend chacun de ses mots. Ou se les imagine. Elle reste silencieuse.

— Évidemment c'est idiot, dit-il. Pourquoi est-ce qu'ils en parleraient ?

Il s'arrête, a l'air de réfléchir.

— Dans le meilleur des cas, aux infos locales, ajoute-t-il.

Elle acquiesce. Le regarde. Une idée surgit, une idée qui remonte à quelques jours seulement. Qui lui est venue le matin où Dirk a pris l'avion pour Berlin. Elle était seule dans le jardin, près de la piscine, il faisait très chaud et elle a balayé du regard la maison dans laquelle elle vit. Une maison en verre. Elle a pensé qu'ils se parlaient rarement, qu'elle entendait rarement sa voix quand il était dans la pièce. Plus souvent quand elle lui parvenait, en son absence, d'un appareil électronique.

Elle a pensé que cela durait depuis un certain temps.

Maintenant le temps s'est rabougri et cette idée n'a plus d'importance. Le matin ne fait que commencer, elle espère que Sarah dort.

Dirk éteint la télévision.

C'est comme si, en même temps que l'image brillante, autre chose s'éteignait.

Landmann n'a pas dormi. Il ignore pourquoi. Il a juste un pressentiment, qui a un vague rapport avec un ours en peluche qu'il imagine parce qu'il ne l'a pas encore vu. À l'occasion, il faudra qu'il demande une photo à Ben. Une photo de l'ours en peluche. Il est resté éveillé, d'abord dans son lit puis sur le canapé du salon. Avec le matin, la lumière est revenue tout d'un coup et l'idée de l'ours en peluche lui a rappelé Barbara.

Il va l'appeler, en fin de matinée, dès qu'elle sera réveillée. Barbara dort toujours assez tard. Il s'en veut un peu de lui avoir donné la dernière fois une série de conseils paternels. Ce qui n'est pas et n'a jamais été son habitude.

Il ne se souvient pas d'avoir donné des conseils à Barbara quand elle grandissait, ça lui paraît d'autant plus incongru de le faire maintenant qu'ils ont tous les deux atteint un certain âge. Surtout lui. Cela a peut-être un rapport avec son âge. Depuis qu'il est retraité, enquêteur hors service, il se cherche de nouveaux champs d'investigation, par exemple celui du père éducateur qu'il n'a jamais été.

La dernière fois qu'il a parlé à Barbara, c'était pour son anniversaire, cela remonte à plusieurs semaines. Il a même proposé d'aller la voir mais Barbara n'avait pas le temps. Il lui a envoyé plusieurs messages et ses smileys l'ont amusée. Elle lui a dit qu'elle allait probablement interrompre les cours à l'école de théâtre et chercher des alternatives. Il lui a conseillé de se fixer sur une chose, de se concentrer et de s'y tenir. Discours rétrospectif de père.

Il sait que Barbara a bien profité de son adolescence. Ils formaient une bonne équipe. Le fait qu'il soit souvent rentré tard de son travail a contribué à ce que Barbara trouve son espace à elle. Et le temps est devenu relatif, ils bossaient les maths vers minuit, Barbara trouvait ça marrant et ça la motivait. Même si elle a passé son bac avec anglais et allemand comme matières principales.

Il se lève. Il y a toujours les verres de vin blanc sur la table. Celui de Ben et le sien. Il repense à l'histoire que lui a racontée Ben. C'est l'impression qu'il a, que c'est une histoire parce qu'il n'enquête plus lui-même, qu'il n'est plus lui-même dans le tableau.

Une histoire triste, sombre. Soudain des bribes de rêve lui reviennent, peut-être qu'il a juste basculé, entre la nuit et le matin.

Dans son rêve, Ben lui remettait l'ours. C'était comme une remise de prix, Ben a fait un discours. Dans une salle grise avec des tables rondes. Des nappes blanches. La salle était vide, les paroles de Ben comme un murmure, malgré le micro.

Landmann attrape un des verres, se dirige vers le réfrigérateur, prend la bouteille et remplit le verre.

Puis il reste longtemps à la fenêtre, contemple le vaste jardin et le lac nimbés de la lumière matinale. Il trempe ses lèvres dans son verre, boit deux gorgées, sent la fraîcheur amère du vin sur sa langue.

BEN

Il émerge, s'extirpe de la bourbe, de la fange. Il ouvre les yeux, cherche machinalement, intuitivement la couette, voudrait s'y enrouler mais il ne la trouve pas. Grise est la fange, la bourbe.

Dès qu'il ouvre les yeux, le souvenir est là, il est allongé sur le canapé dans le salon, le smartphone joue la mélodie d'une guitare acoustique que Marlène a enregistrée, avant le dîner. Il prend la communication, encore sous le coup du rêve sombre dont Mark Lederer l'a tiré.

— Bonjour, Ben, dit Lederer.

Ben ne répond pas.

— Je voulais te dire que nous avons quelque chose.

Ben se redresse.

— Oui ? demande-t-il.

— Je suis tombé sur un cas similaire.

Il attend.

Un cas similaire, pense-t-il.

— La disparition d'un petit garçon. Un ours en peluche.

Il pense à Landmann. À ce que Landmann a dit à propos de l'ours en peluche.

— Tu entends ?

— Oui.

— Pas ici dans la région. À Innsbruck. En Autriche. Le garçon a disparu il y a plus d'un an. Le cas n'a pas été élucidé. Les documents que j'ai pu obtenir sont déjà sur ton bureau.

Innsbruck, pense Ben.

— Les recherches des collègues autrichiens se sont concentrées sur la famille de l'enfant.

— Oui.

— La famille vient d'Érythrée.

— D'Érythrée ?

— Oui, plus précisément des environs d'Asmara.

— Ah.

— C'est la capitale. Près d'un million d'habitants.

— OK, dit Ben.

— Je vais suivre l'affaire, dit Mark Lederer.

— Tu as raison.

Ben s'est levé, il a le vertige. Il a l'impression que sa tête est légère et que son corps est lourd.

— J'arrive, marmonne-t-il.
— Bon, à tout à l'heure, dit Lederer.

CHRISTIAN

Quand Christian arrive, Lederer est déjà là.
— On a une piste, dit-il.
— Oui ?
— La disparition d'un garçon. À Innsbruck. Les documents sont sur ton bureau, dit Lederer.
— Merci, dit-il.
Lederer hoche la tête, se tourne de nouveau vers son écran. Christian s'assied à son bureau, baisse les yeux vers les dossiers que Lederer a rassemblés. Apparemment pendant la nuit. Quand la nuit fait lentement place au jour. Et que le monde est encore intact. Parce que Mark Lederer est le seul qui veille, qui persiste à faire ce qu'il faut. L'idée l'effleure qu'il aimerait pour une fois arriver le premier. Dans ce bureau. Mais Mark Lederer est toujours là quand il arrive.
Son regard s'arrête sur ce mot. Innsbruck.
— La famille vit maintenant à Rosenheim, en Allemagne, dit Lederer.
Comme s'il avait lu dans ses pensées. Ça ne l'étonnerait même pas que Mark Lederer en soit capable.
— Ah bon ?
— Oui. Je veux dire, la famille du garçon qui a disparu. Ils vivent maintenant en Allemagne, à Rosenheim. Pays d'origine : Érythrée.
Christian hoche la tête.
Innsbruck. Érythrée. Rosenheim.
Du vent, tout ça.
Dawit.

C'est le nom de l'enfant. Christian garde les yeux posés sur lui. Le nom revient. Encore. Et encore. Mais seulement dans le texte qu'un policier d'Innsbruck a rédigé. Le nom du garçon est omniprésent parce que le garçon, en réalité, a disparu. Et n'est pas revenu.

Les parents de *Dawit. Eyob* et *Feven.*

Christian ferme les yeux, se renverse en arrière.

Les parents de *Jannis. Léa* et *Dirk.*

Innsbruck, Wiesbaden-Biebrich.

Il revient vers le texte.

— Quoi précisément… ? dit-il.

Il ne trouve pas les mots mais Lederer peut lire dans ses pensées. Peut-être.

— Un ours en peluche, dit-il.

Christian attend.

— Ce sont les peluches qui relient les deux cas. Le jour où le fils a disparu, la famille Gebreselassie a retrouvé un ours en peluche.

Christian attend.

— L'ours était par terre, devant un centre d'aide sociale. L'ours était là et Dawit avait disparu. Sans doute que Dawit ou l'inconnu l'avait laissé tomber.

— Devant un centre d'aide sociale ?

— Oui, la famille était venue régler des questions administratives, à propos de leur départ en Allemagne.

Christian hoche la tête. Il lit, survole le texte, des mots se figent sous son regard, l'interpellent, retombent. *Gebreselassie.* Il a un coureur devant les yeux. Un homme maigre qui court. Court, court, court.

— Tu te souviens de ce coureur ? demande-t-il. Ce coureur de fond ?

Lederer le regarde.

— Oui, bien sûr. Moi-même je cours, sur des trajets moins longs.

— Tiens, pense Christian.

— Deux heures, trois minutes, cinquante-neuf secondes.

— Quoi ?

— Le record du marathon de Gebreselassie, dit Lederer. Record du monde, à l'époque, mais qui a été amélioré depuis.

— OK, dit Christian.

— Gebreselassie est un nom très courant en Érythrée et en Éthiopie, ajoute Mark Lederer.

— Oui, dit Christian.

Il baisse de nouveau les yeux sur les mots du texte.

Dawit, sept ans. Jannis, cinq ans. Il se lève, marche, marmonne : je vais chercher un café. Traverse en vitesse le couloir, prend l'ascenseur pour descendre, entre dans la cafétéria qui est presque vide. Derrière le comptoir, deux jeunes femmes sont en pleine conversation, rient. Il commande un café, l'une lui tend le gobelet en carton. Elle lui adresse un sourire radieux qui lui redonne un peu de force. Comme l'a fait Lederer, à sa manière.

En fait, Christian, en y réfléchissant, est content que Lederer soit toujours là, fiable quand il arrive au bureau le matin.

Il se cherche une place, il a le choix. Une seule table est occupée, il connaît vaguement l'homme, d'âge moyen, il est de la police scientifique. Il feuillette un journal à sensation dont Christian peut lire un des gros titres. *Un fossoyeur abuse du cadavre d'une starlette d'émission de téléréalité.*

Il sent une pression derrière ses yeux, les ferme. Soulève le gobelet, trempe ses lèvres dans le lait mousseux, devine le café chaud en dessous.

Jannis, cinq ans. Dawit, sept. Courir, courir, courir, comme si on avait un moteur dans le cœur. Mais ça ne suffit pas. On rate le record. Parce qu'un autre est plus rapide. Pourquoi ?

Le cadavre d'une starlette d'émission de téléréalité. C'est quoi ?

Trop de questions.

Cadavre starlette téléréalité.

Sept-neuf-sept.

BEN

À midi, il est assis avec Malvi. Lui d'un côté du bureau, Malvi de l'autre.

— Alors, dit Malvi.

— Mark Lederer a trouvé le lien. Les collègues chargés de l'affaire à Innsbruck sont au courant.

— Ah ah.

— Pas emballés, mais informés.

Malvi acquiesce.

— On va y aller, Christian et moi.

Malvi regarde les documents rassemblés par Lederer. A l'air de réfléchir. Il prend un air qui ferait sûrement rire Christian. S'il était d'humeur à rire.

— D'accord, dit Malvi.

Appeler Svéa, pense Ben. Et Marlène. Le jour avance pendant qu'il traverse le vaste bâtiment et pendant quelques instants, il a l'impression d'avancer avec le jour. Avec toujours un pas d'avance sur lui, et il se demande ce que cela veut dire. C'est agréable. D'avoir toujours un pas d'avance. De ne pas pouvoir être dépassé. Par quoi que ce soit.

Il appelle Christian, qu'il joint au service administratif où il est allé chercher les billets de train et la réservation de l'hôtel.

— J'arrive en bas dans vingt minutes, on part de la gare principale de Francfort, dit Christian.

— Bien, dit Ben.

— Les gens s'appellent Gebreselassie, tu as vu ?

— Quoi ? demande Ben.

— La famille d'Érythrée. Gebreselassie. Comme le coureur de fond.

Ben plisse les yeux. Il marche vite, pendant que Christian lui parle d'un coureur de fond. Qu'il ne connaît pas.

— À tout à l'heure, dit Christian.

— À tout à l'heure.

Ben accélère. Le couloir est long, mais Ben a l'impression qu'il va manquer de place. Il a besoin d'espace. D'une étendue vaste, dégagée. Courir, courir, courir. Devancer le jour. Il renonce à prendre l'ascenseur. Rester en mouvement. Il descend les marches deux par deux.

Dans le grand hall d'entrée, il s'arrête. Reprend son souffle.

Dehors, les voitures de service attendent, en plein soleil. Christian va les conduire jusqu'à Francfort, puis ils vont prendre le train à Innsbruck, avec un changement à Munich. Ben s'imagine qu'il appelle Svéa. Lui dit qu'il est en déplacement, qu'il va passer la nuit à Innsbruck. Puis la peur le prend, peur de la mort. Un autre jour. Dans un autre corps. L'instant va et vient.

Il traverse le hall, la grande porte à tambour et sort dans le grand espace dégagé. Il fait encore quelques pas avant de s'asseoir sur le bord d'un banc gris clair, puis se renverse en arrière, enveloppé dans la chaleur du jour qui l'a rattrapé.

Challenge –
prisonnier dans le
labyrinthe.
Tu n'y arriveras
jamais.

autres Trends ICI –
don't hesitate to
click

CHRISTIAN

Lorsqu'ils arrivent à Innsbruck, le soleil brille, le ciel est d'un bleu éclatant et la ville étincelante de couleurs, les gens, joyeux, sont entourés de montagnes. C'est la première chose que Christian remarque. Le fossé entre la légèreté et la menace. Une menace évidente. Qui s'élève au-dessus de lui comme un monstre silencieux, sans yeux.

— Les montagnes, murmure Ben, qui a suivi son regard.

Christian hoche la tête.

— Tu veux monter là-haut ? demande Ben.

— Pardon ?

Ben le regarde.

— J'y suis monté une fois. En vacances. Avec Svéa

et Marlène. On peut y monter à pied. Ou prendre les télécabines.

— OK, dit Christian.

— Nous avons pris les cabines chaque fois que nous le pouvions. À cause de Marlène, dit Ben.

Il sourit.

— Je vois, dit Christian.

— Ça fait quelques années. Marlène était encore… oui, assez petite.

Christian hoche la tête. Le soleil, l'été et un géant silencieux. Un monstre de la montagne, il pense.

Ben est passé devant, il hèle un taxi.

— Au commissariat central, dit-il.

Le chauffeur reste silencieux. Ben monte devant. Concentré, Christian fait encore quelques pas avant de monter à son tour.

Le chauffeur garde un silence obstiné pendant le trajet. Ben passe un bref coup de fil. À Marlène. Christian s'éloigne, se laisse glisser, dans le monde gris. Un rire gris qui effleure la surface de ses yeux.

— Nous y sommes, marmonne le chauffeur.

Ben paie, demande un reçu. Christian descend de la voiture et regarde le long bâtiment beige qui se dresse, clair sous le soleil. Les yeux de Christian cherchent machinalement les montagnes. À la recherche du monstre. Peut-être qu'il tend ses griffes, vers l'immeuble ou vers le taxi ou vers Ben, qui met son sac à dos sur son épaule, ou vers lui-même.

C'est le scénario le plus probable, pense Christian. Que le monstre l'atteigne, lui. Qu'il l'attrape de sa main molle et poilue.

Il se calme enfin, se blottit dans la paume du monstre.

— On y va ? demande Ben.

Le bâtiment est clair, le hall d'entrée est clair, la salle de conférences est claire.

— Asseyez-vous, dit le collègue d'Innsbruck.

Il s'appelle Greilinger. Marcel Greilinger. Il est plus âgé que dans l'idée que Ben s'était faite de lui au téléphone le matin.

— Un café ? demande Greilinger.

— Volontiers, dit Christian.

Greilinger prend la cafetière blanche qui est prête, sur la large table en verre. Il remplit une tasse blanche. La table pourrait accueillir une douzaine de personnes, ils sont trois. Une chaleur agréable entre par une fenêtre entrouverte. Derrière la fenêtre, le massif montagneux se détache comme sur une carte postale sur les contours de la ville.

— Eh bien, dit Greilinger. Nous avons rassemblé ce qui est disponible et nous avons reconsidéré les faits.

Les faits, pense Ben.

Greilinger fait glisser deux films transparents sur la table.

— Voici le dossier. Une partie vous a déjà été remise.

Christian ouvre un sachet de sucre. Sachet blanc, sucre blanc, tasse blanche. Il verse une capsule de lait condensé dans son café.

— Il vaut sans doute mieux que vous posiez les questions que vous avez en tête.

Avoir en tête. Ben ne trouve pas la première question, Christian boit son café. Il n'a pas l'air de vouloir dire quoi que ce soit. Mais ça ne signifie rien.

— Vous avez laissé entendre qu'il existe un cas similaire dans votre district ? À Francfort ? Wiesbaden ?

— Wiesbaden, oui. Près de Wiesbaden.

Greilinger fait un signe de la tête. Attend. Il n'a pas l'air d'avoir d'autres questions.

— Ce garçon, Dawit Gebreselassie, a disparu au printemps de l'année dernière. Il n'y a eu aucune piste depuis, aucun indice de l'endroit où il pourrait être ? demande Ben.

— Aucun, dit M. Greilinger. Malheureusement.

Ben hoche la tête. Avant de partir, il a consulté la météo. Pas celle d'aujourd'hui mais celle de l'époque. De ce jour de printemps où Dawit a été porté disparu. C'était par une journée chaude et sans nuages, comme hier dans la cour de l'école de Wiesbaden-Biebrich, c'est un point commun. Deux journées ensoleillées.

— Ce qui rend les choses encore plus tragiques, c'est que ces gens n'auraient même pas dû être là, dit Greilinger. De par la loi. Ils sont… pour ainsi dire, entrés par erreur sur le territoire autrichien.

Entrés par erreur, pense Ben.

— Il y a eu un imbroglio bureaucratique que nous ne comprenons toujours pas vraiment. Normalement, ils n'auraient pas dû être autorisés à entrer sur le territoire. Ils ont eu… d'une certaine façon… de la chance. Et ils voulaient continuer directement, soit en Suisse, soit en Allemagne.

— Oui, dit Ben.

— Nous avons commencé par examiner le contexte familial, explique Greilinger. Et les circonstances de la fuite. Il y a eu des soupçons qui ont porté sur un proche de la famille chez qui ils avaient séjourné pendant cette période. À Hall, qui n'est pas loin d'ici.

Ben hoche la tête. Il entend le bruit de la tasse que Christian, tour à tour, porte à sa bouche et repose.

— L'homme, un parent assez éloigné, a fait l'objet d'une enquête il y a plusieurs années. En Suisse. Il s'était fait remarquer en s'approchant à plusieurs reprises d'une aire de jeux. Alors qu'il n'y avait pas d'enfants en train d'y jouer. Les interrogatoires de cet homme sont dans le dossier.

Ben baisse les yeux sur le film transparent. Papier blanc. Le nom de *Dawit Gebreselassie* attire son attention.

— Le soupçon n'a pas été confirmé. En fait, après divers va-et-vient, il s'est avéré que l'homme n'était pas sur les lieux le jour de la disparition. Comme il l'avait déclaré. Il était en Suisse.

Ben regarde le film transparent sur lequel danse un arc-en-ciel, un faisceau de lumière qui se réfracte. Il a des questions, mais n'a pas la force de les poser.

— Votre enquête a été succincte, dit Christian.

Des mots qui se tiennent bien droit dans la pièce. Comme des petites montagnes. Peut-être parce que ce sont les premiers que Christian prononce. Greilinger soutient le regard de Christian. Sans répondre.

Ben ferme les yeux. Il ne veut pas de conflit. Il ne veut pas se battre contre quoi que ce soit.

— Je propose que nous approfondissions la question une fois que vous vous serez fait une idée de notre enquête, déclare Greilinger sans quitter Christian des yeux.

De la chance, pense Ben. C'est ce qu'a dit Greilinger. La famille Gebreselassie a eu de la chance, en fait ils n'auraient pas dû être ici. Le jour ensoleillé où Dawit a disparu.

GREILINGER

Il ressent le poids d'une fatigue qui semble augmenter de minute en minute. La nouvelle voiture de service est très agréable à conduire, il a presque l'impression de ne rien avoir à faire. Un des collègues allemands est assis sur le siège passager, l'autre à l'arrière. Ils sont silencieux, perdus dans leurs pensées.

Lui aussi réfléchit. Il s'y est mis dès qu'il a reçu le premier appel d'Allemagne. D'un certain Lederer. Apparemment, un des deux collègues qui sont ici. Le cheval de bataille de Lederer, c'était l'ours en peluche. Façon de parler. Un ours en peluche par-ci, un ours en peluche par-là. Un garçon disparu.

Greilinger a tout de suite compris. L'enquête a été bâclée, sous ses yeux, et un sentiment qui l'avait effleuré quelques semaines plus tard a resurgi. Le sentiment qu'ils s'étaient fourvoyés, qu'ils avaient raté quelque chose.

Le garçon avait disparu. La famille se taisait. Le père connaissait à peine un mot d'allemand. La mère parlait bien, mais elle était trop bouleversée pour aider. Le parent éloigné qui les avait hébergés depuis un certain temps était connu de la police. Pour des escroqueries et surtout parce qu'on l'avait souvent surpris autour d'une aire de jeux. L'homme avait été interrogé, sans résultat. Les interrogatoires sur le lieu de la disparition n'avaient rien donné non plus. La famille avait fini par aller s'installer en Allemagne. Sans le garçon. Dawit.

— Oui, nous y sommes, marmonne-t-il.

Les deux Allemands regardent à travers le pare-brise pendant qu'il gare la voiture. Le centre d'aide sociale est entouré d'un grand terrain qui ressemble à un parc avec un grand parking.

— La famille était ici ce jour-là, pour régler un problème administratif. À l'époque, dans le parc, il y avait une fête foraine. Un grand 8, des stands et un train fantôme.

Il descend. Fait quelques pas. Les deux Allemands suivent.

— Bien sûr, nous avons procédé à des interrogatoires, mais personne n'a vu de garçon disparaître, dit-il. Rien.

C'est pourquoi nous avons mis en doute la version de la famille, pense-t-il. Mais il ne le dit pas. Alors qu'il se souvient qu'il en était convaincu. Dawit n'avait pas disparu dans ce centre ni à la fête foraine. C'était une assertion de la famille, qui lui cachait quelque chose. La vérité.

— Effectivement, la mère nous a apporté cet ours en peluche. Elle l'avait trouvé par terre et était convaincue que cela avait un rapport avec la disparition de son fils.

— En quoi ? demande l'un des deux, Sandner.

— Oui, elle n'arrêtait pas de répéter que ça voulait dire quelque chose, que cet ours en peluche soit là et que son fils ait disparu.

— Apparemment, vous n'y avez pas prêté une attention particulière, dit Sandner.

— Parce que vous, vous l'auriez fait ? Un ours en peluche. Par terre. Dans une fête foraine. Qu'est-ce que ça a de particulier ?

Sandner acquiesce.

— Comme je vous l'ai dit, nous avons interrogé les gens, personne n'avait remarqué un ours en peluche ou un garçon ou quoi que ce soit d'autre.

— On pouvait gagner des ours en peluche ? À la fête foraine ou à une loterie ?

C'est l'autre qui a posé la question. Neven. Il le regarde. Réfléchit à une réponse.

— Vous ne vous êtes pas posé la question ? demande Neven.

— Non, répond-il. Je vous rappelle que c'est seulement maintenant que nous apprenons tous que pour la deuxième fois, il est question d'un ours en peluche en relation avec une disparition d'enfant. Il y a un an, c'était simplement un ours en peluche que la mère bouleversée d'un enfant qui avait disparu avait dans la main. Et cet ours n'appartenait pas à son fils, elle l'avait trouvé par terre.

Neven hoche la tête.

— Je suis pratiquement sûr qu'à ce moment-là, vous non plus, vous n'auriez pas attaché une importance particulière à cette peluche, dit Greilinger.

— Oui, dit Neven.

— OK, dit Greilinger.

— Mais dans la perspective actuelle, il serait souhaitable d'enquêter sur les contacts de ceux chez qui on aurait pu se procurer cette peluche, dit l'autre, Sandner.

— Pardon ?

— Toutes les boîtes qui ont vendu ou mis à la loterie ce genre d'articles. Des stands de loterie, de tir, de jeux de massacre. Tous ces trucs-là.

— Oui, dit Greilinger. Je vais essayer.

Il revoit la photo, l'avis de recherche du garçon. La peau noire. Noire comme la nuit, a pensé Greilinger quand il a vu la photo pour la première fois. Il avait l'air gentil, sympathique. Il riait aux éclats.

Il y a eu aussi une idée, d'emblée. Jamais exprimée. L'idée que tout ça pouvait être simulé, inventé par la famille pour étayer la demande d'asile, pour assurer provisoirement le séjour en Europe.

— Bien, dit Sandner.

Clair, noir, nuit, pense Greilinger.

La famille pleure
la disparition de leur fille,
son profil Instagram reste en ligne.
La défunte a maintenant plus de 100 000 followers.

iPhone unboxing –
comment est l'écran ?

CHRISTIAN

Fin d'après-midi à l'hôtel. Par la fenêtre, le monstre de la montagne regarde dans la chambre de Christian. Christian lui rend son regard. Il est assis sur son lit, devant le dossier ouvert que Greilinger, le collègue d'Innsbruck, leur a remis.

Il se sent étrangement pénétré. Concentré. Pas un sourire, pas une image ne survient, aucune pensée qui lui renvoie sa propre image, assis sur le lit. Pas de changement de couleurs, de tournure métaphorique ironique qui se rapproche, se densifie, se concrétise et franchisse ses lèvres dans un murmure.

Cela tient peut-être à Dawit, au fait que ce garçon soit si présent par son absence, sa disparition. Cela tient peut-être au fait que dans ce dossier, pas un mot ne donne l'impression qu'il se soit agi de retrouver le garçon.

Il se lit plutôt comme une recherche du coupable. Une recherche qui, au bout de quelques jours, s'est concentrée sur un seul suspect, le lointain parent de la famille, domicilié à Hall, natif d'Érythrée, et dans une note succincte il s'avère que finalement les soupçons envers cet homme n'étaient pas fondés.

Christian se renverse en arrière, contre le coussin blanc. Contemple derrière la fenêtre le massif montagneux ourlé d'un soleil éblouissant.

Il repense à cet instant qui n'a duré que quelques minutes, en fin de matinée. Quand ils étaient dans l'ICE entre Francfort et Innsbruck. À mi-chemin, dans une ville où il n'était pas retourné depuis longtemps. Pendant ce long moment durant lequel le train était resté en gare, Christian a résisté à l'impulsion de descendre. De laisser tomber. De descendre et de se consacrer à d'autres choses, des choses sur lesquelles on ne peut plus revenir.

Il se redresse d'un coup. Examine les feuilles agrafées. Il attend quelques minutes, et enfin, un petit rire monte en lui, gagne sa gorge, son os maxillaire, éclate.

Il se dirige vers la grande fenêtre, vers la porte vitrée, l'ouvre, sort sur le petit balcon. Se met à rire, à gorge déployée.

— Bouffe-moi ! pense-t-il.

Le monstre de la montagne garde le silence, impassible.

BEN

Ben est assis dans l'ombre de la chambre, il a tiré le rideau devant la fenêtre. Le dossier est sur la petite table, une série passe sur l'écran du téléviseur accroché en hauteur. Il est installé devant sa tablette. A branché la clé USB.

Il lutte avec lui-même. Laisse ses doigts posés sur le clavier. S'arrête. Puis il ouvre les photos, les fait défiler. S'il ne le faisait pas, il deviendrait fou.

Il le sait, il sait aussi que personne ne comprend ça. Personne ne le comprendrait. Personne n'est au courant.

Les garçons nus jouent sur la plage. Rient devant la caméra. S'étirent. Les images se brouillent, deviennent floues, puis nettes de nouveau.

Ses pensées tournent en rond, s'éloignent, se rapprochent du jour où il s'est emparé de la clé USB. Un jour depuis longtemps révolu. Il était seul, entouré de preuves. La clé en était une, pas la plus importante, dans une affaire d'abus sexuels dont il n'était pas chargé personnellement. Les prises de vues ont pour titre : *Nudist Beach Russia – boys.*

Ben déboutonne son pantalon, laisse sa main posée sur l'entrejambe.

Les garçons ont l'air joyeux. Ils jouent au ballon. Nus.

Le smartphone vibre. Ben connaît le numéro. Cette fois, il le connaît. Cette fois, les chiffres ont immédiatement un sens, forment un tout. Il attend quelques secondes. Puis il se lève, reboutonne son pantalon, clique sur l'image pour la faire disparaître, referme l'ordinateur.

— Sarah, dit-il.

— Oui. Bonjour, dit-elle.

— Tu veux savoir où nous en sommes ?

— Oui.

— Nous sommes en déplacement. Nous enquêtons ailleurs, nous faisons tout ce que nous pouvons.

— Mais il n'y a rien de nouveau ? Je veux dire… vous n'avez pas retrouvé… Jannis.

Il ne répond pas. Jannis, pense-t-il.

Jannis et Dawit.

Ils ont trouvé des ours en peluche mais les garçons ont disparu. Sans laisser de traces.

— Non, pas encore, dit-il.

Elle ne dit rien.

— Nous continuons les recherches. Nous devons être environ cent hommes, cela fait beaucoup.

— OK, dit Sarah.

Il ressent un vertige soudain, derrière son front et à hauteur des tempes. Il s'assied sur le lit.

— Appelle-moi quand tu veux, dit-il.

— Oui, répond-elle.

— À bientôt, dit Ben.

Il pose son smartphone sur la couette. Prend l'ordinateur, enlève la clé USB, se dirige vers la salle de bains, la jette dans les toilettes. Laisse sa main posée sur la chasse d'eau. Des minutes passent. Des minutes durant lesquelles il n'y a rien, pas la moindre pensée. Il lui manque l'ultime impulsion. Il retourne dans la chambre, ouvre les rideaux. La chaleur estivale s'engouffre dans la pièce. Il met la clé USB à sécher sur une table basse baignée de soleil.

CHRISTIAN

Le soir, il boit une bière au bar de l'hôtel. Avec Ben qui, lui, boit de l'eau et n'est pas loquace.

Bientôt, la conversation sur l'enquête des collègues autrichiens tourne court. Une ombre subsiste dans la pièce. Celle d'un garçon. Dawit.

Le dossier contient une photo de lui. Christian l'a gravée dans sa mémoire, il l'a devant les yeux. C'est une photo en couleurs mais Christian la voit en noir et blanc. Le visage de l'enfant est gris foncé.

Il voit vraiment l'ombre. Elle est à côté du guitariste du petit groupe qui joue dans un coin du bar. L'ombre de Dawit se balance en rythme. Un garçon gris, à la peau brune, danse sur de la country. Le guitariste porte un chapeau de cowboy. Il se redresse, ferme les yeux, se penche sur le micro et chante la première phrase d'une chanson de Johnny Cash. *I was a highwayman. Along the coach roads I did ride.*

Christian se met à chanter. Instinctivement, il le réalise quand Ben lui demande ce qu'il a dit.

— Quoi ?

— Qu'est-ce que tu dis ?

— Rien, je chante.

Ben le regarde, surpris. Il paraît fatigué.

— J'aime cette chanson. *Highwayman.* Johnny Cash.

Ben hoche la tête. Il a l'air de tendre l'oreille. Il essaie de saisir ce que Christian entend ? De comprendre ce qu'il trouve à cette chanson ? Maintenant, Ben se balance à son tour en rythme. Et dans le coin, au bout du bar, une deuxième ombre est apparue.

— Oui, dit Ben. Ça me plaît.

Christian sourit. Un vrai sourire. De la vraie musique. Mais elle rendait toujours Nathalie nerveuse. Ou justement pour ça ? Peut-être que cette musique rendait Nathalie nerveuse parce qu'elle était vraie et authentique. Par moments elle aimait bien aussi raconter des bobards, durant les quelques semaines qu'ils ont eues ensemble, mais toujours de manière cohérente, par pure conviction.

Personne ne peut mentir de façon plus sincère que Nathalie.

Peut-être qu'il faut être soi-même sur la mauvaise pente pour supporter la musique authentique de Johnny Cash.

La chanson s'achève. Personne n'applaudit. Si : Ben. Il tape dans ses mains. Christian chantonne. Le chanteur guitariste leur sourit, lève son verre dans leur direction. Le bassiste entame une nouvelle intro, le batteur donne un nouveau tempo. Métronome. Tempo quatre-vingt-cinq, pense Christian. Il pense aussi qu'il n'a pas joué du piano depuis longtemps.

— Tu vas comment, en fait ? demande Ben.

Christian se tourne vers lui.

Je n'ai pas joué du piano depuis longtemps, pense-t-il. Il ne répond pas.

Ben se détourne, contemple le chanteur country qui ne ressemble pas à Johnny Cash malgré son chapeau de cowboy.

— Bien, dit Christian.

Il n'est pas sûr que Ben l'ait entendu.

— J'ai parlé avec Lederer, dit-il un peu plus fort pour couvrir le bruit de la musique. Malvi a étendu les recherches. On ne peut guère faire plus.

Ben acquiesce.

— Notre train pour Rosenheim part demain matin à 8 h 24.

— OK, dit Ben.

— Bon.

Les pensées de Christian se fondent dans la mélodie que joue le guitariste, un solo sans prétention, ce qui est agréable. Il y a longtemps qu'il n'a pas été aussi fatigué. La nuit s'est insinuée, et maintenant elle est là, installée depuis longtemps.

— Sommeil ? demande Ben.

C'est moins une question qu'une affirmation.

Christian hoche la tête. Tandis qu'ils traversent le hall dans sa lumière chaude et crépusculaire et se dirigent vers l'ascenseur, il essaie de saisir la pensée rédemptrice qui rend tout caduc. Parce que rien n'est important, quoi qu'il arrive. Il essaie de sourire. Essaie d'afficher un sourire sur ses lèvres mais n'y parvient pas. Sourire absent, comme Jannis. Comme Dawit. Il s'est retiré, dans sa carapace.

Il pense à Nathalie, se dit qu'elle l'attend, mais peut-être seulement sur une autre planète.

TROIS

ASTÉROÏDE TRAVERSE L'UNIVERS
Timmy peut-il devenir vraiment dangereux pour nous ?!

BEN

Ils partent de bonne heure pour Rosenheim. Le monde défile sous les yeux de Ben. Christian dort un moment à côté de lui. Il le regarde, tranquillement, sans penser à rien.

Quand ils arrivent, le jour est bleu et jaune, comme les jours précédents. La ville donne une image pittoresque d'elle-même comme pour l'inciter à dire quelque chose. À faire un commentaire. Un chauffeur de taxi loquace les emmène, par des routes peu fréquentées, dans une banlieue dominée par des tours et des bureaux. Il est originaire de Turquie, mais a émigré il y a des décennies. Il est devenu un skieur passionné. L'année dernière, il a assisté pour la première fois à la légendaire descente du Streif-Hahnenkamm de Kitzbühel.

— Les beaux, les riches, et… moi, dit le chauffeur en éclatant de rire.

Involontairement, Ben se l'imagine et il sent lui aussi un sourire se dessiner sur son visage. À l'idée de ce drôle de chauffeur de taxi qui descend des pistes de ski. À fond, des clichés absurdes.

— Oui… L'hiver peut venir, dit le chauffeur en souriant en guise d'adieu. Christian lui donne un pourboire et lui réclame une facture. Ben regarde l'immeuble, se demande de quel appartement il s'agit.

— J'ai parlé à la mère au téléphone. Elle n'a pas dit grand-chose, dit Christian en suivant son regard. Mais elle m'a assuré qu'elle serait là.

Ben hoche la tête. Il a un éblouissement. Il pense. Pense que la mère de Dawit sera présente et Dawit, disparu.

FEVEN

Le bruit de la sonnette provoque quelque chose en elle. Un mélange incongru de fatigue, de nervosité, de chagrin, d'espoir. Un rire. Des pleurs. Tout cela l'accompagne tandis qu'elle avance dans l'étroit couloir pour aller ouvrir. Les deux hommes ne ressemblent pas à l'idée qu'elle s'en faisait. Ils sont assez jeunes. Des Allemands. Pense-t-elle. Sans savoir si ça lui donne du courage ou si ça l'inquiète. En tout cas, ils ont des têtes d'Allemands.

— Madame Gebreselassie ? demande l'un d'entre eux.

Le grand, dégingandé.

Elle acquiesce.

— Nous nous sommes parlé au téléphone. Sandner. Christian Sandner, de la police de Wiesbaden.

— Oui, bonjour. Entrez…

— Neven. Ben Neven, dit l'autre.

— Oui, entrez, je vous en prie.

Elle s'écarte pour les laisser entrer.

Dans le séjour, Ermias a levé la tête. Un film passe à la télé, Feven regarde de nouveau, voit des immeubles qui explosent et des voitures qui sautent.

— Mon fils, Ermias, dit-elle.

Les deux policiers allemands regardent Ermias. Hochent la tête.

Ses yeux la piquent.

— Mon autre fils, dit-elle.

BEN

Bruce Wayne, dit l'homme élégant. *Alias Batman*, dit un autre. Instinctivement, Ben essaie de reconnaître les voix. Essaie de distinguer celle de Dirk Meininger. En fait, il s'y attend. Mais non, ce sont d'autres voix. Dirk Meininger est Wrestler, pas Batman.

— Qu'est-ce que tu regardes de beau ? demande-t-il au garçon.

Le frère aîné de Dawit. Mais il n'est pas beaucoup plus vieux, il a peut-être neuf ou dix ans.

— Batman, répond le garçon.

Comment s'appelle-t-il déjà ? Ermias.

— Batman et Superman. Les deux. Superman revient.

Ben hoche la tête.

— Revient de chez les morts. Superman va…

— Revenir à la vie ? demande Ben.

— Oui, dit Ermias.

— J'ai du café, dit la mère.

— Volontiers, dit Christian.

Feven. Feven Gebreselassie, pense Ben. Le nom lui est tellement étranger, mais la femme qui se tient dans l'étroite cuisine ouverte, elle, lui est si familière. Si proche qu'il a envie de la prendre dans ses bras. Ben la regarde remplir les tasses.

— J'en veux bien aussi une tasse, murmure-t-il.

Ermias s'est détourné, se concentre de nouveau sur son film. Sur l'histoire qui finit probablement bien.

Oui, sûrement, même si les explosions incessantes font craindre le contraire.

Il fait quelques pas, s'assied à côté de Christian à la table sur laquelle se trouve une assiette de couleur avec des petits gâteaux.

— Oui, mon mari est au travail. Il ne peut pas… se libérer.

— Bien sûr, dit Ben. Qu'est-ce qu'il fait ?

— Taxi, dit-elle.

L'espace de quelques secondes, Ben pense qu'ils l'ont déjà rencontré. Mais non, le père de Dawit ne dévale pas les pistes de ski, il n'est pas non plus originaire de Turquie. Le père de Dawit est un autre chauffeur de taxi, un qu'il n'a jamais vu.

— Depuis deux mois, un bon travail, dit-elle, mon mari aime bien le travail.

Ben hoche la tête. Feven Gebreselassie pose les tasses sur la table. Christian a pris un petit gâteau, mord dedans.

— Oui, dit Ben. Nous sommes venus pour… nous faire encore une fois une idée… du jour où votre fils Dawit…

Son regard croise celui de la femme. Des yeux sombres dans lesquels il lit une tristesse qu'il ne connaît pas. Il détourne les yeux, profondément bouleversé. Regarde Christian qui mange un gâteau, il y a des miettes éparpillées sur la nappe.

— Racontez-nous vos souvenirs de cette journée, comment vous l'avez vécue, demande Christian.

N'a-t-il pas vu ses yeux ? N'a-t-il pas vu qu'ils parlent de ce qu'on ne peut pas dire ? Ben se ressaisit, ferme et ouvre les yeux. Il attend et Feven Gebreselassie se met à parler. À voix basse, doucement. En pesant ses mots. Il écoute. L'écoute parler simplement de ce qui s'est passé. D'un instant à l'autre. Un instant de bascule qui change tout et que personne n'a vu venir.

— Nous avions été convoqués… à propos de la suite de notre voyage en Allemagne. Mon mari a attendu à l'intérieur, il avait un… une sorte de numéro… un ticket avec un numéro qu'on prend dans un distributeur et après on attend son tour.

— Bon, et vous et Dawit…

— Moi, j'étais allée avec les enfants dans un café, chercher du chocolat.

Ben hoche la tête. Il sent malgré lui le goût du chocolat sur sa langue. Amer, sucré. Infiniment chocolaté.

— Ermias voulait aller aux toilettes, alors je l'ai accompagné pour voir… pour chercher… ça a duré au maximum… deux minutes.

— Et Dawit était dans la cafétéria ?

— Oui, je lui ai dit de rester assis et de nous attendre. Je ne sais pas, il est peut-être sorti.

— Sorti ? Vous voulez dire qu'il aurait pu quitter le bâtiment ?

— Peut-être. Il était tellement excité. Je crois que vous, vous dites… agité. Et dehors… il y avait cette fête, toutes ces couleurs, et…

L'été la nuit, pense soudain Ben, sans savoir pourquoi.

— C'était une belle journée ensoleillée, dit la mère de Dawit.

LÉA

Dans l'après-midi, elle sort de la maison. Avance. Sur le gravier, vers le portail, sur le chemin. Elle regarde à gauche, à droite. S'arrête.

Puis elle prend à gauche, vers la ville. Elle passe devant des maisons qui lui sont familières. Les noms des voisins défilent, comme des pensées, devant ses yeux brouillés de larmes. Mais elle ne pleure pas, c'est plutôt une irritation, peut-être due à l'air estival.

Une belle journée ensoleillée. Ses yeux ne sont plus habitués à cet air estival. A-t-elle trop longtemps hésité ? Est-elle si longtemps restée assise sur le canapé ?

Mme Mertens, la voisine de droite, lève les yeux de ses fleurs pendant qu'elle passe. Mme Mertens est sur le point de la saluer mais elle s'immobilise, hésite. Reste sans voix.

Léa continue d'avancer, jusqu'au croisement. Là, elle s'arrête. Contemple les chemins qui s'offrent à elle. De temps en temps, une voiture passe. Sinon, c'est le silence. Les vacances. Beaucoup sont déjà partis, n'importe où. Dans des paradis. À durée limitée.

Cela fait longtemps qu'ils voulaient partir, non ?

Oui, ils avaient réservé. Toute la famille. Vague souvenir. Est-ce que Dirk a annulé le voyage ? Non. Est-ce que le délai a expiré maintenant ? Avec quelque chose à régler ? Où voulaient-ils aller déjà ? Aux îles Canaries. Oui. Quand ? Première semaine de vacances. Quand exactement ? Elle ne sait pas. Aujourd'hui ? Demain ? Ou peut-être seulement la semaine prochaine.

De toute façon, le voyage a pris fin. Ici, à cette intersection. Pas loin de la maison. Elle n'a pas trouvé Jannis. Il n'était pas là, ni devant une des maisons voisines, en train de jouer au ballon contre un des murs du garage avec un des enfants.

Elle fait demi-tour. Lorsqu'elle repasse devant le jardin des Mertens, elle voit un des petits garçons. Il joue au foot dans le jardin.

— Est-ce que Jannis va passer ? crie-t-il à Léa quand elle lève les yeux.

Elle voit que Mme Mertens sursaute près du parterre de fleurs.

Léa cherche une réponse sur ses lèvres. Regarde le garçon.

— Non, pas aujourd'hui, lui dit-elle.

— OK, crie le garçon.

OK, pense-t-elle.

Et elle court, sur le gravier, jusqu'à la maison de verre.

Crisis-actor (acteur de crise)

Des théoriciens du complot
utilisent ce terme
pour insinuer que des témoins
ou des victimes d'événements dramatiques
sont des comédiens qui manipulent
l'opinion publique
pour le compte d'un gouvernement
ou d'un super-complot.
Ce phénomène s'est renforcé,
si bien que dans les blogs et les forums,
des centaines de milliers d'articles
qui dénoncent les victimes d'attentats
et d'actes de folie meurtrière
comme faisant partie d'une soi-disant
mise en scène ont été *likés*.
Sur le plan épistémologique,
la suspicion *crisis-actor*
correspond au déni total
d'une réalité empiriquement vérifiable.

CHRISTIAN

Le soir, quand le soleil se retire et fait place à une douce lumière bleue, ils roulent, dans le wagon-restaurant, en direction de Francfort. Christian imagine déjà la gare où le train va entrer, bien avant qu'ils y arrivent.

Quand ils sont vraiment à l'arrêt dans la gare, l'idée qu'ils vont rester là se fait jour. L'idée qu'ils ne continueront pas, que le voyage s'arrête là. Il pense soudain à Feven Gebreselassie. Au garçon qui regardait un film de Batman. Ermias, *l'autre* fils.

Ben est assis en face de lui. Il porte la tasse à ses lèvres, boit son café. Il a le classeur grand ouvert devant lui. Ben a glissé la photo agrafée dans le dossier *Dawit Gebreselassie*, de sorte qu'on ne la voie pas. Mais Christian l'a quand même devant les yeux.

Ben regarde maintenant le texte, les mots. Qui font sens ou pas. Sans doute les deux à la fois, les deux en même temps.

— J'ai vécu ici, murmure-t-il.

Ben lève les yeux. Le regarde, perplexe, il a la tête ailleurs.

— J'ai grandi ici, dit Christian.

Ben regarde par la fenêtre. Ne sait absolument pas où ils se trouvent. Il cherche la pancarte qui indiquera le nom de la gare et de l'endroit.

— À Nuremberg ? demande-t-il.

Christian hoche la tête. Ben marque un temps d'arrêt. Regarde de nouveau par la fenêtre.

— Dans une banlieue. Plutôt champêtre, avec beaucoup d'espace. Juste à côté de chez nous, il y avait un grand champ avec un terrain de foot.

— Pas mal, dit Ben.

— Oui, je n'y suis plus revenu depuis longtemps. Quelquefois, je suis dans un train qui passe par ici.

— Tu as envie…, demande Ben. Tu as envie d'y faire une pause ?

— Non, dit-il. Ça m'est juste passé par la tête.

Ben acquiesce.

Le train démarre. Une machine qui doit être mise en route doucement pour atteindre ensuite une grande vitesse. Les mètres vont défiler, les kilomètres. Distance. Proximité. Distance. À des années-lumière.

Quand le serveur arrive, maussade, pour s'enquérir de leur commande, Christian se demande ce que cet homme fera le soir. Quand il aura répondu à tous les désirs et quitté son uniforme.

Il pense à Nathalie, il a une vague image d'elle devant les yeux tandis qu'il commande de l'eau plate.

BEN

Quand ils arrivent à Francfort, le soir tombe, et près de l'horodateur une SDF leur demande poliment un euro. Christian dépose deux euros dans la main tendue.

Tandis qu'ils roulent vers Wiesbaden dans la voiture de service, les couleurs disparaissent complètement. Ben appelle Mark Lederer, pendant que Christian conduit, silencieux, fatigué, en plissant les yeux.

Nuremberg, pense vaguement Ben. Christian jeune ? Dans une banlieue de Nuremberg ? Un enfant, un garçon ? Qui joue au foot sur un terrain de sport tout près de la maison. De sa fenêtre, il voit les buts. Les buts ont-ils des filets ?

— Jusque-là, rien de nouveau, dit Mark Lederer. Du moins rien de significatif. Sur les quatre-vingt-deux interrogatoires des riverains de l'école, il a été question une fois de notre homme.

— Ah bon ?

— Oui, une vieille dame a vu un garçon et un homme avec un ours en peluche. Elle habite un immeuble situé à environ deux minutes à pied du parking.

— OK.

Notre homme, pense Ben.

— En fait, elle a surtout remarqué l'ours, c'est pourquoi elle n'a pas pu décrire plus précisément l'homme en question. Mais quand même, âge moyen, stature moyenne. Plutôt corpulent que mince. Pas beaucoup de cheveux.

— OK, dit Ben.

— Nous lui avons montré l'ensemble de notre fichier. C'est-à-dire… ceux qui ont des antécédents en matière d'abus sexuels, classés d'après le domicile et la proximité potentielle de Wiesbaden et d'Innsbruck.

— OK.

— Ça n'a rien donné. La femme n'a pas pu établir de rapport entre l'homme et une photo du fichier. Elle dit qu'elle n'a en fait pas de souvenir du visage de l'homme, elle ne le reconnaîtrait peut-être même pas s'il était devant elle.

Ben se tait.

— À partir de ses témoignages, nous avons fait un portrait-robot mais pour le moment, il ne nous en dit pas plus que la vidéo dont nous disposons.

— OK, dit Ben.

— Elle a dit qu'ils marchaient simplement. Ni vite, ni lentement, qu'elle n'avait pas eu l'impression qu'il y avait quelque chose… d'anormal.

Ben hoche la tête. Ne pas penser à mal, pense-t-il. Quelqu'un a appris ça à Jannis. Parce que c'est bien. En fait. Il pense à Marlène, qui ne pense pas à mal. Est-ce lui qui le lui a appris ? Il ressent un élancement, à droite et à gauche, à hauteur des tempes.

Il met fin à la conversation.

— Et alors ? demande Christian.

Ben réfléchit. Combien de temps faut-il à l'homme mauvais pour faire le mal ? Une minute ? Deux ? Combien de temps Dawit a-t-il été seul ? Combien de temps lui restait-il pour regarder la fête foraine ? Pour se réjouir ?

Où est Dawit ? Où est Jannis ?

— Les buts avaient des filets ? demande-t-il.

Christian lui lance un regard oblique, interrogatif.

— Sur ton terrain de foot. À l'époque.

Reset
Un *Reset* (en fr. réinitialisation)
est un processus par lequel
un système électronique
est ramené à un état initial *défini*
(généralement par *la main de l'homme*).
Cela peut être nécessaire
quand le système ne
fonctionne plus *correctement*
et ne répond pas aux
entrées habituelles.

CHRISTIAN

Quelques heures plus tard, la question résonne toujours en lui. Les buts n'avaient pas de filets. C'est ce qu'il a dit, en réponse à la question de Ben. Il ne rentre pas chezlui, mais quelque part où il a l'impression d'être chez lui. Un lieu de la disparition. De la volonté d'oublier. De l'incapacité d'oublier.

Il contemple la maison, le cube en verre, en essayant de se focaliser sur le fait que des gens vivent vraiment ici. Qu'ils ont vraiment peur. Jannis a vraiment disparu.

La mère, Léa, ouvre le portail. Quelques secondes après son coup de sonnette. Elle a vu son visage sur la caméra de surveillance, l'a reconnu comme quelqu'un qui est le bienvenu. Christian marche sur le gravier en direction de la maison.

— Monsieur Sandner, dit Léa Meininger, debout dans l'embrasure de la porte.

— Bonsoir, dit Christian.

Il lit dans ses yeux la question qu'elle ne pose pas. Savoir s'il y a du nouveau, quelque chose qui soit susceptible de fournir une explication. Un soulagement.

— Je voulais voir comment vous allez, dit-il.

Elle hoche la tête. Comprend que sa question n'aura pas de réponse. C'est pourquoi elle ne la pose pas.

Il la suit dans le séjour. Dirk Meininger est assis sur le canapé, dans la même position que la veille. Il lui fait un signe de tête.

— Une de vos collègues est passée, pour la localisation, dit Léa Meininger. Elle a dit qu'elle était de la police scientifique. Il s'agit de localiser d'éventuels appels.

Christian acquiesce. Si une rançon devait être réclamée, cela pourrait faire avancer l'enquête. Devenir numérique. Faire partie d'un réseau scintillant, chatoyant, un point rouge sur un écran high-tech.

— C'est bien, dit-il.

— Puis-je vous offrir quelque chose à boire ? demande-t-elle.

— Non, merci, dit-il.

— Il y a du nouveau ? demande Dirk Meininger.

Sa voix est différente. Ce n'est ni celle du lion ni celle de Wrestler.

— Êtes-vous allés en Autriche au cours de l'année passée ? À Innsbruck ou dans les environs ? demande Christian.

— Pourquoi ? demande Léa Meininger.

— Nous suivons une piste. Un cas similaire.

Les mots de Lederer, pense Christian.

— Qu'est-ce que ça veut dire exactement ? demande Léa Meininger.

— C'est juste un semblant de piste. Êtes-vous allés… ?

— Non, dit Dirk Meininger. Nous sommes allés faire du ski en Autriche il y a quelques années mais pas dans la région d'Innsbruck.

Christian hoche la tête. Bien entendu. Il n'y a pas de rapport. Pas de lien, pas d'information à en tirer, pas de porte qui ouvre brusquement un passage d'une pièce à l'autre. Il n'y a pas de lien ; rien qu'une ombre qui s'étend au-dessus d'une fête foraine et d'un vide-grenier. Durant quelques secondes, puis le soleil revient.

— Qu'est-ce qui s'est passé à Innsbruck ? demande Léa Meininger.

Le smartphone de Christian vibre, il prend la communication, soulagé. C'est Lederer.

— Je voulais vous prévenir que nous avons déjà une première analyse scientifique, de l'ours en peluche.

— Ah, dit Christian.

— Il y a des éléments exploitables à divers niveaux mais pas de recoupement avec nos banques de données. Qui que soit celui qui avait cet ours dans les mains, il n'est pas connu des forces de police.

Christian garde le silence.

— Donc pour le moment, rien de significatif, dit Lederer.

— Non, je te remercie.

— L'ours d'Innsbruck va donc être examiné, ce qui n'a pas été le cas jusqu'ici. Mais mieux vaut tard que jamais, dit Lederer.

— Oui, dit Christian. *L'ours d'Innsbruck*, pense-t-il.

— Je compte avoir les résultats dès demain, nous avons accéléré les choses, dit Lederer.

— OK, très bien.

— À demain, dit Lederer.

— À demain, dit Christian.

Il laisse son smartphone retomber. Léa Meininger cherche son regard, et il pense à un regard dont l'éclat l'a effleuré. En début de soirée. Il réalise soudain que l'éclat de ces yeux avait de l'importance.

Il est soudain pressé. Oui. Pour la première fois depuis longtemps. Il se demande si cet élan va retomber. Disparaître, comme s'il n'avait jamais existé. Dirk Meininger garde le silence. Qu'est-ce que cela signifierait si cet homme perdait sa voix ? Léa Meininger le raccompagne à la porte. Christian lui sourit en partant. Un sourire censé la réconforter, lui redonner confiance. Tout ce qui n'a aucune raison d'être.

En retournant à sa voiture, il pense que cela venait du cœur. Même si derrière ce sourire sincère se dissimulait un mensonge.

Il sait où il doit se rendre, il faut qu'il la trouve avant que cette maudite nuit l'engloutisse et fasse Dieu sait quoi avec elle.

BEN

Quand Ben arrive chez lui, Marlène dort déjà. Svéa regarde les infos.

— Il est question de votre affaire, dit-elle.

— Vraiment ? demande Ben.

— Oui, un avis de recherche. Avec la photo du garçon.

Ben hoche la tête.

— Si quelqu'un l'a vu, il doit se manifester.

— Oui, dit Ben.

— Ça veut dire que vous n'avez pas avancé ?

— Oui, malheureusement.

— Comment ça s'est passé à Innsbruck ?

Ben réfléchit. Du soleil. De l'ombre.

— L'enquête des collègues n'a rien donné. Mais nous pouvons peut-être la reprendre. Avec de nouvelles informations et une nouvelle perspective.

Svéa cherche son regard. Il sourit. Le présentateur de la station locale cède la place à la présentatrice météo.

— Je crois que je vais appeler Landmann en vitesse, dit-il. Je voudrais… qu'il y participe… d'une manière ou d'une autre.

Svéa sourit. Elle aime bien Landmann, Ben le sait. Elle le charrie parfois avec ça, quand il fait appel à Landmann dans des moments difficiles. *Son éternel mentor*, comme elle l'appelle, sans doute à juste titre.

— D'accord, dit-elle, moi, je vais me coucher. Demain je suis sur un moyen-courrier, je reviens après-demain.

Il hoche la tête.

— Bien, dit-il.

Il descend l'escalier qui mène à son bureau. Compose le numéro de Landmann, tombe sur la boîte vocale. *Bonsoir Ludwig. Je voulais juste te tenir au courant de notre affaire. Nous sommes allés à Innsbruck. Au printemps, un autre garçon a disparu là-bas. Dawit, sept ans. On a trouvé un ours en peluche, à la fête foraine, à proximité de la mairie, où Dawit a été vu pour la dernière fois. C'est un garçon originaire d'Érythrée, la famille vit à Rosenheim. Nous avons parlé avec la mère, une femme sympathique. Elle n'a perdu son fils de vue que quelques instants. Comme au vide-grenier. Peut-être quelques minutes. Je ne sais pas. Tu pourras peut-être en déduire quelque chose. Je te rappelle demain, nous essaierons d'approfondir la question, je… oui, je pense que j'ai besoin de ton aide pour retrouver le garçon. À demain.*

Il laisse retomber le téléphone. Il a dans l'oreille la mélodie de sa sonnerie quand il a un appel. L'ancienne, pas la nouvelle que Marlène a installée, mais celle qui était là avant. Fait partie de la configuration initiale. Pour la retrouver, il devrait procéder à un *reset*. C'est ce qu'il a recherché sur le trajet d'Innsbruck à Rosenheim. Mais en fait, la mélodie de Marlène est jolie. Trop jolie, pense-t-il. Elle était si proche la dernière fois que Sarah a appelé, la grande sœur de Jannis.

La fatigue le cerne, une fatigue de plomb, si lourde qu'il s'écroule, assis sur la chaise du bureau. Quand son corps bascule, il sursaute. Il met quelques secondes à s'orienter. À comprendre où il se trouve.

Il monte, entend l'eau couler dans le lavabo. Svéa est dans la salle de bains. Il s'allonge sur le canapé, sur le dos. *Reset*, belle journée, pense-t-il avant que le sommeil ne pose sa couverture sombre sur ses yeux.

CHRISTIAN

Il gare la voiture au même emplacement. Voit l'horodateur dans le même champ de vision. Scrute les lieux. Dans l'éclairage terne des réverbères, devant le grand bâtiment de la gare. Elle est là. Debout à la porte, se balançant d'une jambe sur l'autre en serrant sa veste autour d'elle. Il fait chaud et portant elle a froid. Nuit d'été.

Il descend de voiture, se dirige vers elle.

Elle lève les yeux. Un fragment de seconde, il croit que l'éclat dans ses yeux s'est éteint mais il se trompe. Elle est juste surprise, il y a une étincelle. On lui parle rarement, on l'évite plutôt. Généralement, c'est elle qui s'adresse aux gens. Avec toujours la même phrase, pour demander un euro.

— Il faut que je vous parle, dit-il.

Elle sourit. Pourquoi ? Parce qu'il la vouvoie. Mais elle aussi, elle l'a vouvoyé. Non ?

— Ah ? dit-elle.

— Oui, dit-il.

Elle plisse les yeux.

— Nous nous sommes vus tout à l'heure. Je rentrais de voyage avec un collègue…

— Oui, je sais.

— OK.

— Deux euros, dit-elle. Que vous m'avez donné.

— Oui, c'est ça.

— Sympa, dit-elle.

— Hum.

Elle sourit. Quelque chose a changé. Maintenant, il la voit vraiment. Un partout. Un être humain en chair et en os, avec des espoirs, des peurs. C'est bien. Cette idée est une vague qui traverse son corps.

— Et vous voulez… quoi ?

— Parler.

Elle continue de sourire. Têtue. Elle a froid.

— Juste parler, dit-il. Venez, on pourrait… quelque part.

Il la précède, voit du coin de l'œil qu'elle le suit.

Il se dirige vers le restaurant.

— Un café ? demande-t-il en marchant. Un hamburger ? Des frites ?

Elle ne répond pas.

Le restaurant est presque vide. À une table, des jeunes font du vacarme, parlent, rient fort.

— Happy Meal, dit-elle. McNuggets. Et le poney rose en prime.

Il cherche son regard. Elle plaisante ? Non.

— Et un Sprite, dit-elle.

Il acquiesce, commande. Le garçon à la caisse prend la commande d'un air blasé. Et Christian se dirige avec le plateau vers une table près de la fenêtre. Elle s'assied sans ôter sa veste.

— Bon appétit, dit-il.

— Et vous, bon café, dit-elle.

Il a juste commandé un café. Il le porte à sa bouche, il est bouillant.

— Alors comme ça, vous voulez parler ? demande-t-elle.

Il hoche la tête.

— Pas de moi j'espère ?

— C'est quand vous voulez, dit-il.

— Quoi ?

— J'aimerais bien. Quand vous voulez.

— Ah. Non merci.

— Je suis à votre disposition, n'importe quand, dit-il.

— Hum. Non, merci.

— Vous vous appelez comment ?

Il voit un éclair dans ses yeux. D'impatience. De mauvaise humeur ? De colère ? Elle va se lever et partir. Énervée par cet imbécile. Par lui. Elle va juste disparaître, pour toujours, alors qu'il la cherche tous les jours près de l'horodateur. Mais elle ne part pas.

— C'est important ?

— Ça m'intéresse, dit-il.

— Hum.

— Moi, c'est Christian.

— OK, dit-elle.

— Mangez tranquillement.

— Plus tard, dit-elle.

Pause. En toile de fond, les jeunes hurlent, se disputent, rient.

— Oui, dit-il.

Elle le regarde. Attend, patiemment. Bien qu'elle ait froid.

— Je vais vous raconter une histoire, dit Christian.

Ses yeux le piquent et il comprend alors qu'il vient de prononcer la phrase qui lui brûlait les lèvres depuis longtemps, la phrase qu'il avait sur le cœur.

NADINE

La limonade est plus sucrée, les frites plus salées. Plus qu'avant. Tout a changé imperceptiblement, mais de manière amplifiée. Évidente, malgré sa fatigue. L'homme parle. De temps en temps, il la regarde, cherche ses yeux comme pour s'assurer qu'elle écoute.

Nathalie. C'est le nom autour duquel tourne l'histoire. Une histoire vraie, elle le sait tout de suite, et elle se demande pourquoi il a commencé comme si elle était inventée.

Elle les voit tous les deux devant elle. Lui, quinze ans, elle, quatorze. Christian et Nathalie. Ils sont au collège, en troisième. Lui, il s'intéresse à d'autres choses, elle, elle est très bonne élève.

— Sans beaucoup travailler. Elle n'en parlait jamais. Ce n'était pas une bosseuse. Moi ça me plaisait. Je trouvais ça sympa.

Nadine hoche la tête.

— J'ai pris mon courage à deux mains et je lui ai demandé si elle pouvait m'aider à apprendre la physique. Je ne comprenais absolument rien à la physique. Oui. Elle a accepté. J'ai gravé un CD, avec mes chansons préférées. Et surtout les chansons qui, je pensais, lui plairaient. Elle préférait… oui… le rythme, les percussions. Je lui ai donné le CD quand elle est venue. On a dansé, sur la musique. Pas étroitement enlacés. Non, chacun pour soi, mais quand même ensemble. Dans ma chambre d'enfant. Ou… ma chambre d'ado. Mes parents étaient en voyage, comme c'était souvent le cas. Ils avaient tous les deux des postes importants dans de grosses banques qui avaient un rapport avec les voyages.

Elle attend. Il se tait.

— À cette époque, je passais beaucoup de temps seul, reprend-il. Et puis, à partir de ce jour-là, beaucoup de temps avec Nathalie. Il y a eu l'hiver, on faisait souvent du patin à glace. Là, je pouvais l'aider. Moi je patinais très bien.

Il boit une gorgée de café. Repose le gobelet.

— Je vais faire court, dit-il.

Pourquoi ? pense-t-elle. L'histoire lui plaît, jusque-là.

— Un soir, comme mes parents étaient en voyage, nous avons décidé qu'elle dormirait chez moi. D'un côté, parce qu'on en avait envie, de l'autre parce que nous aimions bien l'idée d'aller ensemble au collège le lendemain. Jusque-là, elle était restée dormir plusieurs fois le week-end. Oui. On a écouté de la musique. Allongés l'un à côté de l'autre. Elle a mis sa tête sur mes jambes, je m'occupais du lecteur CD, mettais les morceaux de son choix. Elle a joué au jeu des lettres.

— Quoi ? demande Nadine.

— Oui, elle avait un jeu comme ça. Elle pouvait compter très vite les lettres, par exemple, celles d'un nom. Elle savait pour tous les élèves de notre classe combien de lettres avaient leur nom et leur prénom.

— OK, dit-elle.

— Elle a fait pareil avec les titres des chansons. Ce

qui était difficile parce que la plupart étaient en anglais. Puis elle s'est endormie.

Nadine attend.

Que l'histoire continue. Elle se sent comme enveloppée dans une couverture douillette. Elle voit l'hiver devant elle, derrière la fenêtre de la chambre d'enfant. Elle s'imagine qu'il y a de la neige. Se demande quelle chanson passe. Quelle mélodie remplit la pièce.

— Oui. C'est tout, dit l'homme.

Elle lève les yeux, cherche les siens. Ne le quitte pas des yeux jusqu'à ce qu'il se détourne.

— Elle ne s'est pas réveillée, dit l'homme. Morte dans mes bras, pendant que passait notre musique, d'une rupture d'anévrisme. C'est ce que m'ont dit deux médecins, plusieurs jours après.

LÉA

S'endormir, pense-t-elle. Ne plus se réveiller. Dirk est allongé dans le séjour, sur le canapé. Elle ne sait pas s'il dort. La télé marche, sans le son. Dirk voulait écouter les infos de la nuit. Léa s'est couchée, sans se laver. Si les nouvelles de la nuit sont passées, ils n'ont pas parlé de Jannis. Sinon, Dirk le lui aurait dit.

À moins que ce soit une autre nouvelle, une mauvaise. Ils auraient retrouvé un corps. Dans une forêt. On vérifierait les liens possibles avec la disparition d'un garçon le week-end. Il n'y aurait pas d'autres informations de la part des enquêteurs. L'image prend forme devant ses yeux fermés jusqu'à ce qu'elle croie que c'est vrai. Elle entend même le présentateur, elle le voit, le voit bouger les lèvres, devant une forêt dense et verte. Où est Sarah ? En haut. Elle dort. N'entend rien des nouvelles. Demain Léa le dira à Sarah. Que Jannis est mort. Qu'il ne reviendra jamais. Maintenant, elle en est sûre, sûre de l'avoir vu aux infos.

Ne plus se réveiller, pense-t-elle, et elle s'endort.

MARKO

La nuit s'introduit dans la pièce par la fenêtre ouverte. Comme sur une mauvaise pente. Rien ne va. Tout devrait être autrement. Mais il n'est pas celui qui peut changer quoi que ce soit. Évidemment non. Il n'est rien. Il n'est personne. Personne lui-même. Il a mis le garçon au lit, l'a couvert. Le garçon dort, dort, dort. Le désir n'est pas revenu. Parti en fumée, dissipé, évaporé. Disparu. Il ne s'en souvient même pas. Il contemple l'enfant endormi, attend que quelque chose se produise en lui. Mais il ne se passe rien. Plus tard, peut-être.

Maintenant, il est juste trop faible. Il marche de travers, ses jambes vacillent, il se demande ce qui se passerait s'il tombait et s'évanouissait. S'il dormait, dormait, dormait, comme le garçon. Il arrive dans le séjour, s'assied sur le canapé, met une série animée. Une série qu'il connaît déjà, mais peu importe. En réalité, ça le calme plutôt, le fait qu'il la connaisse, qu'elle lui soit familière.

Il connaît l'histoire, il sait comment elle finit, il sait tout. Personne ne le reconnaît, mais il reconnaît les autres. Il a compris depuis longtemps leur manège. Il a déjà vu la série quand il était enfant, de l'âge du garçon. Tout est calme, il est le seul à voir ça. Il est le garçon, le garçon, c'est lui. Si le désir revient, il va le vivre, et tuer, vivre et tuer.

Et vivre.

Il ressent comme un élancement entre ses jambes tandis que les images scintillantes du dessin animé se rapprochent, toujours plus près. Parce qu'elles racontent une histoire dans laquelle il a enfin le droit d'être. D'être tout, d'être les deux, enfant et Dieu.

QUATRE

zoom hybride
fait de la nuit
le jour

BEN

Il se réveille sur le canapé, avec une idée qui est en lien direct avec Mark Lederer. Il cherche son smartphone à tâtons, compose le numéro de Mark.

— Ben ? dit Mark.

— Tu es déjà au bureau ? demande Ben.

— Oui.

— Bon, j'ai une idée qui me traverse l'esprit. Je me demande avec quels paramètres nous avons enquêté jusque-là ? D'après les cas de disparition similaires ?

— Qu'est-ce que tu veux dire ?

— Comment sommes-nous tombés sur l'affaire d'Innsbruck ? Avons-nous cherché des ours en peluche ou des animaux en peluche en général ?

Lederer ne répond pas. Ben se demande de quoi ils parlent. Une enquête policière. Des peluches.

— Oui… je comprends.

— Je me demande justement si ça aurait un sens d'intégrer dans le système des demandes de recherches plus générales.

— Oui, je comprends. Je vais le faire.

On trouvera peut-être quelque chose qu'on ne veut pas trouver, pense Ben.

— C'est OK, dit Mark.

Il donne l'impression d'être absent, son regard sans doute déjà tourné vers l'écran, ses doigts tapent des termes dans la barre de menu de leur logiciel interne qui relie des crimes dans différentes parties du pays et au-delà des frontières. Jusqu'à ce que ça fasse un tout.

— À plus, dit Mark.

— Oui, à plus, dit Ben.

Il se lève, va dans la cuisine, fait du café, en s'efforçant de ne pas faire de bruit. Marlène et Svéa dorment encore. Vacances. Grasse matinée. Il prépare une tasse pour Svéa, un bol avec le lait et le chocolat pour Marlène.

Il boit juste quelques gorgées, s'habille et part. Une fois dans la voiture, il entend la mélodie de Marlène dans son smartphone. *Reset*, pense vaguement Ben. Il espère que c'est Lederer. Avec des informations qui font avancer l'affaire ? Ce n'est pas Lederer, c'est Landmann.

— Ludwig ? dit Ben.

— Oui, bonjour Ben.

— Content de t'entendre. Tu as eu mon message… ?

— Oui, je l'ai écouté.

— Parfait… nous sommes allés à Innsbruck et à Rosenheim. Il y a eu une autre disparition d'enfant, dit Ben.

Landmann se tait.

— J'avais déjà donné les informations dans le message vocal, dit Ben. Tu as le temps ce soir ? Je pourrais passer. Pour te communiquer mes impressions.

— Bien sûr, dit Landmann. Vous avez déjà des résultats ? De cette… peluche ?

— Oui, ADN positif. Mais malheureusement pas de recoupement dans les bases de données.

Landmann se tait.

— C'est pas bon, dit-il au bout de longues secondes.

Ben se souvient qu'il avait dit la même chose il y a quelques jours. Quand Ben lui avait parlé de Jannis. D'un vide-grenier. D'un ours en peluche retrouvé et d'un garçon disparu.

— Tu peux m'apporter une photo de l'ours en peluche ? demande Landmann.

— Oui, oui… bien sûr, dit Ben.

Il a une question sur le bout de la langue. Landmann a-t-il déjà une idée ? Une solution. A-t-il pu en déduire qui était cet homme ? Au vide-grenier, à la fête foraine. Si c'est bien le même.

— Et des garçons. Jannis et Dawit.

— OK.

— À plus tard, Ben.

Ben fait glisser son smartphone dans sa poche de pantalon, monte en voiture. Le soleil est brûlant, il resplendit dans le ciel, comme une lune particulièrement claire.

LANDMANN

Landmann s'assied dans le jardin, contemple le lac bleu foncé. Il pense à un ours, un ours blanc, souillé. Souillé par l'ADN. Pas de recoupement avec la banque de données. Ce qui veut dire que Ben et les collègues cherchent une ombre. Une ombre qui s'étend en des lieux éloignés les uns des autres. Qui va et vient. Ne s'attarde que quelques instants.

Le matin, quand il a vu qu'il avait un message, il a pensé à Barbara. Pensé qu'elle avait trouvé un moment et se manifestait enfin.

Mais c'était Ben. Maintenant, ses pensées retournent à Barbara. Il lui écrit encore un message. Tout en sachant qu'elle peut être têtue quand elle a des choses à faire. Pas de temps pour lui. Peut-être que les bons conseils qu'il lui a prodigués ces derniers temps, un peu trop fréquemment, ne l'intéressent pas, tout simplement.

Déjà pris le petit-déjeuner ? écrit-il, obéissant à une impulsion. À question simple, réponse simple. Il peut peut-être amener de cette manière sa fille adulte à redevenir enfant et à répondre à son papa. L'espace de quelques instants.

Il porte le verre à ses lèvres. Le deuxième matin de suite qu'il boit un verre de blanc. Devient-il décadent sur ses vieux jours ? Il sourit. Prépare une feuille de papier blanc, sur la table de jardin blanche. Dans le coin droit. Bleu foncé le stylo.

Il commence à écrire. Sous forme de tableau.

Jannis	Dawit
Wiesbaden	Innsbruck
Cinq	sept
Vide-grenier	fête foraine
Joie	joie
Parents, frère et sœur	parents, frère et sœur
Peau claire	peau foncée
Belle situation	migrant
Peur	peur
Seul	seul
Peluche	peluche
Juste quelques instants	juste quelques instants

Il laisse le stylo retomber. Jette un coup d'œil sur l'écran du smartphone, pense qu'il doit y avoir un message, mais non, il n'y en a pas, ni de Ben ni de Barbara.

BEN

En arrivant, il entend déjà de loin la voix de Lederer. Il ne l'a encore jamais entendu parler si fort. Lederer essaie de convaincre Christian. Celui-ci est devant le mur de photos qui est d'usage depuis quelque temps et fait partie de toute enquête importante, même si Ben n'en voit pas tellement l'utilité.

Christian contemple le mur, les yeux plissés. Les photos des personnes impliquées jusque-là. Une histoire en images qui ne rime à rien, qui n'a pas de fin.

Dawit, Jannis. Des photos de l'école primaire et de la grande place devant la mairie. L'été. Sur la droite sont accrochées des photos de prédateurs sexuels fichés, qui doivent être entendus ou l'ont déjà été et restent au cœur de l'enquête. Parce qu'ils n'ont pas pu donner de renseignements exacts sur l'endroit où ils étaient au moment de la disparition de Jannis.

— Ce n'est pas tout, dit Christian.

Ben cherche son regard. Il a l'air fatigué. Fatigué mais… aussi, détendu d'une certaine façon. Différent.

— Tu avais raison, dit Lederer. Je suis vite arrivé à des résultats. Maintenant on avance.

Ben ressent un élancement au niveau des tempes et dans le ventre.

— Il y a tout juste deux ans. Francfort. Un garçon de six ans a été abordé dans une librairie. Il était devant une table sur laquelle il y avait des livres mais aussi d'autres choses. Dont un tigre en peluche. Il faisait partie d'une histoire dans un livre.

Ben attend. Appeler Svéa, pense-t-il. Lui demander comment elle va.

— Donc le garçon a été abordé, un homme a proposé de lui offrir la peluche. Le garçon a refusé.

Refusé, pense Ben.

— Il a eu peur. Il est allé voir ses parents qui étaient à l'autre bout du magasin. Une grande librairie. L'homme a disparu. Ce n'est qu'une note brève, bien entendu, on n'a pas donné suite à cette affaire. C'est peut-être juste un gentil monsieur qui aime les enfants.

Ben lève les yeux. Cherche le regard de Lederer mais celui-ci s'est détourné, il regarde Christian et continue.

— Quoi qu'il en soit, grâce au garçon et à ses parents, cet incident a été consigné. Les parents ont prévenu la police.

— Ce en quoi ils nous ont peut-être rendu un grand service pour notre enquête, dit Christian.

— J'ai imprimé l'interrogatoire du garçon et de ses parents, il est sur vos bureaux respectifs, dit Mark Lederer.

Ben hoche la tête. Un tigre en peluche, pense-t-il. Il n'est rien arrivé. Parce que le garçon a su éviter le pire. Parce qu'il ne voulait pas de ce tigre. Pas vraiment.

— Oui, merci, dit-il en se dirigeant vers son bureau.

Il se met à lire ce que les collègues ont noté. Une conversation qui remonte à près de deux ans, entre une policière, un policier et un garçon de huit ans. Lars. Ben survole le texte, en quête d'un détail.

Pas beaucoup de cheveux. Pas gros, pas maigre. Peut-être même gros. Mais pas aussi gros que mon père.

Ben ne peut s'empêcher de rire. Pas aussi gros que son père. Son rire ne dure pas.

Dans l'entretien, Lars donne l'impression d'être très à l'aise. Il a l'air de se demander à quoi bon toute cette affaire. Dont ses parents font tout un plat… même si, lui aussi, il a trouvé ça bizarre. C'est pour ça qu'il a dit à ses parents qu'il y avait un homme qui voulait un truc. Quoi ? Il voulait m'offrir un tigre. Puis vient une phrase que Ben a peine à croire. Il la relit. La relit encore. Mais les lettres sont là, comme si elles s'étaient échappées de la feuille et dansaient devant lui. Il lève les yeux, voit Christian qui étudie le dossier, concentré, sans doute scotché sur le même passage.

— Incroyable, non ? dit Mark Lederer en toile de fond.

Ben hoche la tête. Lit.

Oui, on aurait dit… un nounours, dit Lars. Il avait l'air tout doux. Presque comme… *un ours en peluche.*

LÉA

Vers midi, Dirk dit qu'il va y aller. Dans cinq minutes. Elle lève les yeux.

— Quoi ?

— Dans cinq minutes, dit Dirk.

Elle se lève, enfile sa veste d'été. Dirk est debout dans la pièce, au centre du cube de verre. Brusquement, il démarre, attrape la clé, ouvre la porte d'entrée. Il n'a pas mis cinq minutes.

— Maintenant, dit-il, viens.

Où est Sarah ? En haut ? Ou chez une amie ? Elle ne l'a pas vue depuis le petit-déjeuner. Appeler Sarah, note-t-elle dans sa tête en suivant Dirk, sur le gravier qui crisse de nouveau sous ses pas, jusqu'au garage. Dirk ouvre la portière, monte. Fait quelques mètres dans l'allée, pour qu'elle puisse grimper plus facilement dans la voiture.

Elle est assise sur le siège du passager à côté de Dirk. Il ne démarre pas, comme s'il réfléchissait à la route à prendre. Le plus court chemin. Pour aller où ?

Puis ils partent. Dirk ne dit rien, mais au bout de quelques minutes, elle sait où ils vont. Ils ont dépassé depuis longtemps le croisement où elle s'est arrêtée hier, où finissait son chemin. Ils contournent la ville, se dirigent vers la banlieue pauvre, elle sent les battements de son cœur. Forts. Dirk les entend-il ? Les rues se font plus grises, plus claires, plus pâles, plus jaunes. Un certain jaune, un certain gris. Un ton qu'elle n'oubliera jamais et qui maintenant revient. Qui humecte ses yeux, le ton dont une certaine couleur est absente. La couleur qui donne au tableau sa consistance, son équilibre. Jannis.

— Voilà, dit Dirk quand ils s'arrêtent devant le bâtiment de l'école qui se détache dans le paysage, plat et vaste.

Vide, déserté. Vacances. Plus aucune trace de tables, de jouets… à un des stands, on vendait même de l'orange pressée. Elle aurait envie d'en boire. Mais le stand a disparu.

Des restes de rubans de signalisation à peine perceptibles flottent au vent léger. Elle voit la scène par la fenêtre du passager.

Se détourne, cherche le regard de Dirk. Dirk reste silencieux.

— Voilà, répète-t-il.

Comme s'il voulait dire : *voilà, nous y sommes. Nous sommes arrivés.*

— Alors ? dit-il.

Elle le regarde, perplexe. Puis une idée se fait jour, une idée qui n'était pas encore là avant. Qui surgit seulement maintenant, parce que Dirk la fait naître.

— Alors ? dit Dirk.

Évidemment. Il était loin. À Berlin. Impuissant. Innocent. Tandis qu'elle… elle était…

— Où est notre fils ? crie Dirk.

En insistant sur chaque mot. Encore une fois. En étirant chaque mot. Encore plus fort.

— OÙ… EST… NOTRE… FILS ?

Lui a-t-il crevé les tympans ? Le silence est revenu.

— Putain, putain, putain !!! crie Dirk.

Il crie dans un vacuum, un espace vide dans lequel ils sont assis, côte à côte.

C'est ma faute, pense-t-elle. C'est vrai. Que c'est étrange qu'elle ne l'ait pas réalisé plus tôt.

— Putain, murmure Dirk.

Puis tout redevient silencieux, aussi silencieux que possible. Aussi silencieux que depuis l'instant où Jannis est devenu un souvenir que l'on ne peut partager.

freedom
is in the details

CHRISTIAN

— Ça fait assez longtemps, dit le garçon.

Lars. Il est assis, ses parents de chaque côté, sur le canapé du salon de la famille May.

Ben et lui sont assis en face d'eux.

— C'est vrai, dit Ben. Mais pour nous c'est redevenu important.

— Pourquoi ? demande le père de Lars, Jens May.

Ben ne répond pas.

— Une enquête pourrait être en lien avec l'homme que Lars a vu à l'époque, dit Christian.

La mère, Tina May, se penche machinalement vers son fils. Comme pour le protéger. Alors qu'il n'y a que des policiers dans la pièce.

— Nous comprenons que cela vous inquiète, dit Ben. Je dois préciser que nous ne savons pas encore si cet incident d'il y a deux ans a un rapport quelconque avec notre enquête. Il est tout à fait plausible que Lars ait eu affaire à un homme disons un peu singulier.

— Mais vous supposez que…, dit le père.

— Est-ce que cela a un rapport avec cet enfant qui a disparu ? Comme nous l'avons entendu aux informations locales hier. À Wiesbaden.

— Nous ne pouvons pas vous donner plus d'informations, je vous demande de nous comprendre, dit Ben. Pour nous, il serait important que Lars se remémore encore cette rencontre. Peut-être pourra-t-il nous révéler de nouveaux éléments sur cet homme. Quelque chose qui pourrait nous aider à le trouver.

Christian observe Lars, qui a l'air de réfléchir. Il se remémore ce jour-là, ce drôle de moment. Comme il l'a fait lui-même, dans la nuit. La pensée de la jeune femme à qui il a tout raconté l'effleure. Non, pas tout. Mais il a pu commencer. Nathalie n'est pas dans l'image, pour la première fois il pense à Nathalie sans la voir devant lui. Il a le goût du café sur la langue. La mousse laiteuse. Et les frites avec du ketchup, alors qu'il n'en a pas mangé. Elle mangeait pendant qu'il racontait.

— Est-ce que cet homme était vraiment… d'une certaine façon… dangereux ? demande Lars.

— Nous ne savons pas encore, dit Ben.

Il pose le film transparent sur la table, en tire une photo, celle de la caméra de surveillance. Et le portrait-robot qui a été élaboré avec l'aide de la riveraine.

— Est-ce que tu reconnais l'homme sur cette photo ? demande Ben.

Lars prend la photo et le dessin. Laisse son regard errer, concentré et avec une patience qui étonne Christian. Un garçon calme, tranquille.

— Hum. Peut-être. Oui. Surtout sur la photo. Surtout comment il se tient.

— Oui ? demande Ben.

— Ça ressemble un peu. Il marchait avec le haut du corps légèrement vers l'arrière. Mais on ne distingue pas du tout le visage. Remarquez… Je crois que je ne reconnaîtrais plus son visage. Ça n'a duré que… quelques secondes. Il m'a demandé si je voulais le tigre, j'ai dit non et il est parti.

Ben hoche la tête.

— Tu peux montrer la photo et le dessin à tes parents.

Ce que fait Lars. Christian cherche le regard des parents pendant qu'ils tentent de trouver un lien avec les images. Avec la photo grise d'une silhouette et le vague dessin d'un visage quelconque.

— Vous étiez aussi dans la librairie. Vous avez peut-être vu l'homme.

Jens May hoche la tête, Tina May laisse retomber la photo. La passe à son mari. Elle soupire. Christian lit dans ses yeux les mots qu'elle ne dit pas. Elle prend Lars dans ses bras, le serre contre elle.

— Il y a un petit garçon sur la photo, n'est-ce pas ? dit-elle. Il est découpé mais on voit sur le bord de la photo qu'un garçon marche à côté de l'homme.

— Vous reconnaissez quelque chose ? demande Ben en se tournant vers le père.

Le père observe les deux images. Attentivement, concentré.

— J'aimerais tellement, dit-il. Mais je ne vois rien. Je n'ai absolument aucun souvenir de quoi que ce soit, j'étais… Lars était allé du côté des livres pour enfants et Tina des livres de voyage et moi… j'étais…

— … *pas là*, pense Christian. *Contrairement à moi. J'étais là, je tenais Nathalie dans mes bras quand elle s'est endormie.*

— Je… ne sais que penser, dit le père. J'étais comme absent, je n'aurais rien pu faire… je… désolé.

La mère serre encore plus fort Lars et Lars tressaille quand il comprend que son père s'est mis à pleurer.

BEN

Un, deux, trois, pense Ben. La troisième impulsion a fait avancer l'enquête. La salle de réunion est pleine de soleil. Ben compte. Quatre, cinq, six, les grains de poussière sur la table de conférence.

Malvi est à la fenêtre, il a l'air nerveux, tendu. Les autres membres du groupe, Mark Lederer et Frauke Weiler, une collègue de la scientifique, écoutent attentivement pendant que Christian les met au courant de l'état actuel de l'enquête. Les photos de ceux qui y ont été jusque-là mêlés d'une manière ou d'une autre sont affichées sur le mur blanc. Elles font oublier qu'en réalité ils n'ont encore rien trouvé.

— Nous avons rencontré cet inconnu trois fois, dit Christian. En l'espace de deux ans. Si toutefois nous arrivons à admettre l'hypothèse qu'il s'agit bien dans toutes ces affaires de la même personne.

— Le garçon, Lars, a regardé les fiches, sans succès, dit Lederer. L'homme qui l'a abordé il y a deux ans ne fait pas partie des prédateurs sexuels fichés.

Fichés, pense Ben.

— Tout comme la voisine de l'école hier, dont la déposition et le souvenir ont servi de base à notre portrait-robot, dit Christian.

— On peut en conclure que…, dit Lederer.

Il s'arrête.

— Oui, dit Malvi.

— … que l'homme que nous cherchons n'a pas d'antécédents judiciaires et ne s'est pas fait remarquer non plus d'une manière ou d'une autre, dit Lederer. Du moins pas ici. Pas en Allemagne. Ni en Autriche, car entre-temps nous disposons de leurs fichiers, et là non plus il n'y a personne que le garçon ou la riveraine aient reconnu.

— Oui, répète Malvi.

— Cela se recoupe aussi avec l'ADN de l'ours en peluche, dit la collègue de la scientifique, Frauke Weiland. On ne le retrouve nulle part.

Le silence qui suit est imprégné de quelque chose qui inquiète Ben. Aucun indice. Aucune idée. Et plus d'enquête mais un événement. Un de ceux qui vont avoir un vaste retentissement. Ce qui n'est pas forcément mauvais pour leur travail. Mais il ressent une sorte de répugnance, sans savoir encore d'où cela vient.

— Nous allons diffuser la photo de la vidéo cet après-midi, dit Malvi. Nous avons besoin de tout ce dont nous disposons.

Parce que c'est si peu, pense Ben.

— Mais on n'y distingue pas grand-chose, dit Lederer. Je crains que nous ne recevions de nombreuses fausses pistes en lien avec cette photo.

— Tant pis, dit Malvi. Dans le tas, il y aura peut-être une piste intéressante pour nous.

— OK, dit Lederer en hochant la tête.

Ben pense au garçon, Lars. Qui va bien, il ne lui est rien arrivé. Il était assis au bureau de Lederer, à côté de ses parents, et observait attentivement les photos qui passaient sur l'écran. Pendant le trajet jusqu'au commissariat, le père s'était calmé, la mère avait l'air triste. Très triste. Comme si elle avait perdu son fils. Alors qu'il était assis à côté d'elle, tout près d'elle. C'était juste l'idée qui préoccupait la mère, l'idée de ce qui aurait pu arriver.

Lars n'a reconnu personne, les parents non plus. Alors qu'il y avait une centaine de photos. Une centaine de gens qui ont mal agi, et se sont signalés. Certains plus que d'autres.

Mais pas celui qu'ils cherchent.

Ben pense à Sarah, la sœur de Jannis, et une idée s'impose : je vais le retrouver. Il ne l'a pas seulement promis à la sœur, il se l'est aussi promis. Il faut qu'il le trouve. Jannis. Mais surtout l'autre. Le kidnappeur, le criminel. Qui ne se fait pas voir, qui va et vient sans se faire remarquer, sans éveiller d'intérêt.

C'est peut-être ça la cause de son ambivalence. Il veut peut-être que l'homme reste dans l'ombre, qu'il y croupisse. Alors qu'il doit le trouver. Mais il veut chercher tranquillement. À l'abri des regards, de l'opinion publique. Chercher et chercher encore. Toujours et toujours. Jour après jour. Il n'y a qu'eux deux, l'autre et lui.

— Ben ?

Il lève les yeux. Croise ceux de Christian.

— La réunion est finie, dit Christian.

Ils sont seuls dans la pièce.

— Tu rêves, dit Christian.

Il sourit. Christian est changé. Ben est certain qu'hier il était différent. Il a une question sur le bout de la langue. Que s'est-il passé dans la nuit, Christian ? Mais il ne la pose pas. Le visage de Christian est à moitié dans l'ombre, à moitié au soleil.

— Tout va bien ? demande Christian.

— Parfaitement bien, répond Ben.

— Tu viens ?

— Oui. J'arrive.

Être seul, pense-t-il. Seul, seul, seul, avec l'autre.

LEDERER

Mark Lederer laisse les photos défiler. Sans intervenir, sans s'arrêter pour en regarder une de plus près. Il est désormais certain que l'homme qu'ils cherchent n'est pas parmi ces hommes, même si ceux qui ne peuvent prouver où ils se trouvaient à ce moment-là doivent être entendus encore une fois.

Maintenant, Ben et Christian sont assis dans une des salles de réunion, avec un homme assez corpulent qui a été condamné il y a six mois à une peine de prison avec sursis et à une amende, pour avoir été en possession de contenus pornographiques pédophiles.

Lederer met le son, mais il n'entend rien. L'homme se tait, Ben et Christian se taisent.

— Vous ne pouvez pas avoir dormi toute la journée, finit par dire Ben. Vous vous êtes bien réveillé à un moment ou à un autre. Quand ? Et qu'est-ce que vous avez fait, le soir ?

— J'ai regardé mes gars. Le match.

— Ce qui veut dire concrètement…

— Mes gars, mon équipe de handball. J'étais entraîneur de l'équipe poussin masculine du club local. Jusqu'à ce que… bon… vous êtes au courant.

— Vous ne l'êtes plus ?

— Bien sûr que non, mon vieux. Je suis un… je ne sais quoi. On m'a téléphoné et on m'a dit que quelqu'un d'autre reprendrait la direction de l'équipe.

Ben et Christian se taisent.

— Mais vous avez regardé le match ? Un match de votre ancienne équipe.

— Oui.

— En fait, j'y vais souvent. Je m'assieds tout en haut, la tribune a une entrée séparée par où personne ne passe. Les parents et les gens du club sont assis bien plus bas…

— Quelqu'un vous a déjà vu ? Ou bien voulez-vous insinuer que personne non plus ne peut en attester ?

— Je ne sais pas. Je ne veux rien insinuer. Je suis juste toujours soulagé quand personne ne me voit.

Mais la plupart du temps, on me voit. Surtout les garçons qui regardent vers le haut pendant le match et m'aperçoivent.

— Ah ah, dit Christian.

— C'est pour ça que j'y vais, dit l'homme. Parce qu'en général, les garçons me sourient. C'est que j'étais un bon entraîneur. Je n'ai jamais eu de mauvaises… intentions, il ne s'est jamais rien passé, rien du tout.

Christian hoche la tête. Ben a fermé les yeux.

Mark Lederer se renverse en arrière, regarde l'écran. Ben et Christian dans la salle de réunion, avec un ancien entraîneur de handball… il s'imagine l'homme rondouillard en coach d'une équipe de garçons. Il avait peut-être été pivot dans sa jeunesse. Ou gardien de but.

— Qu'est-ce que c'est que ça ? What is it and why ! ?

Lederer se retourne, voit les yeux écarquillés d'un homme à la peau brune.

— Pardon ?

— Qu'est-ce que c'est ?… pourquoi… est-ce que ma femme… my wife is so sad now !

— Pardon… excuse me, but may I ask who you are and…

Mais comment êtes-vous entré ici ?

Le téléphone de son bureau sonne. Il décroche.

— Il est arrivé chez vous ? demande le gardien.

— Qui ?

— Un certain Gebreselassie s'est présenté. Il a continué avant que les formulaires soient remplis. S'il n'est pas chez toi, nous devons déclencher l'alarme.

Lederer ferme les yeux.

— Il est ici, dit-il. Tout va bien.

— Bon. OK, dit le gardien.

— OK, OK, pense Mark Lederer.

— Je suis désolé… I am sorry, something went wrong, when you were… checking in downstairs, I think that…

— What is it with you ? People came, telling about our son, my wife is sad. She wants to forget. We want to forget !

— Yes…

— Or do you know where he is ? Where is Dawit ? My son ?

— I… je… one second.

Lederer traverse le couloir, l'homme le suit. Il ouvre la porte de la salle de réunion. L'entraîneur de handball s'interrompt au milieu de sa phrase.

— Venez, s'il vous plaît, nous avons de la visite, dit Lederer.

Ben et Christian le regardent, interloqués.

— C'est le père… de Rosenheim, dit Lederer.

EYOB

Ce n'est pas vrai. Pas vraiment. Maintenant, il prend conscience que c'est comme ça depuis longtemps. Il ne vit plus dans la réalité mais dans un rêve. Un mauvais rêve. Depuis le jour où Dawit a disparu. Comme ça. Dawit avait disparu et l'ours en peluche était là. Feven a crié. Avant que la police arrive. Elle a crié que ça avait à voir avec l'ours en peluche. Il n'a pas compris ce qu'elle voulait dire. Il n'a rien compris.

Maintenant, il est simplement là, sans rien comprendre. Il conduit des gens d'un endroit à un autre, des gens qui ont un but. Il y a quelque temps, il a pensé qu'il n'aurait rien pu lui arriver de mieux. C'est un bon job, qui le calme. L'endort, même si bien sûr il doit rester éveillé, au volant de sa voiture, pour qu'il n'arrive rien. Ni à lui ni à ses clients.

Il essaie d'imaginer où ils sont si pressés d'arriver. Il les emmène souvent à la gare ou à l'aéroport. Parfois des familles. Seulement depuis quelques jours. Les vacances ont commencé en Allemagne. Des familles avec des fils.

— Monsieur Gebreselassie…

Il lève les yeux. Voit le visage du policier, grand et mince, qui est assis en face de lui, penché vers lui.

— We… are trying our best… we will inform you as soon as we have something new for you… and your wife…

Something new… for me, pense-t-il. Ce policier est probablement quelqu'un de gentil. Ses collègues aussi, probablement. Deux sont sur le côté, le regardent. Avec compassion. Comme un animal blessé.

— Yes, I know.

Il cherche ses mots. Qu'est-ce qu'il est venu faire ici ? Il se demande vaguement s'il doit payer la course. La plus longue qu'il ait faite jusque-là, de Nuremberg à Wiesbaden. Le client qu'il a transporté, c'était lui-même. Ils sont arrivés sains et saufs. À aucun moment il n'a eu le sentiment qu'il pouvait arriver quelque chose, alors qu'il ne se souvient pas s'il a roulé vite ou lentement.

— Yes… I… excuse me, I lost my mind, dit-il. Je… à cause de Dawit… ma femme… dit que peut-être…

— Nous enquêtons sur une affaire qui pourrait avoir un rapport avec la disparition de Dawit, dit l'autre policier.

Celui qu'il a vu le premier. Le troisième ne dit rien. Il a l'air triste. Il a peut-être de mauvaises nouvelles qu'il tait. Mais non, Eyob se fait des idées. Qu'est-ce qui lui a pris de venir ici ? Pour parler avec des gens dont il ne comprend pas la langue.

— Can we offer you a cup of coffee ? demande le grand mince qui est assis en face de lui.

— No… thanks…

À moins que ?

— Yes, good idea, just a moment, dit celui qui jusque-là s'est tu.

Il sort de la pièce. Eyob ferme les yeux. Il n'est pas vraiment là, pas vraiment venu ici, il n'est pas chauffeur de taxi dans un endroit inconnu, il n'est pas père. Pas père de deux garçons.

Le policier revient, celui qui s'est présenté avec un nom très court. Ben… Ben quelque chose. Il lui tend une tasse dont monte une vapeur chaude jusqu'à ses yeux, ses joues.

— Thanks.

Il tient la tasse de sorte qu'il puisse sentir la chaleur qui en émane.

— Bien…, dit le plus mince.

— Do you think…, dit-il.

Trois policiers, des hommes silencieux. Il sait qu'ils ne répondront pas à sa question mais il la pose quand même car il réalise qu'il a fait ce long trajet pour la leur poser.

— Do you think my son is alive ?

BEN

Le soir, il ressent la même chose que le soir précédent. Le sentiment de rentrer à la maison. Même s'il est seul car Svéa est encore sur un vol jusqu'à demain et Marlène au handball.

Rentrerai en bus, pas besoin de venir me chercher, a-t-elle écrit. La feuille est collée sur le réfrigérateur.

À la maison, pense Ben. Seul.

Il se fait un sandwich, boit un verre d'eau. Va dans le séjour avec son assiette, allume la télé. Il sursaute car la première chose qu'il voit, c'est le visage de Dawit. Il le voit. Ses pensées virevoltent. D'abord, ce sont les nouvelles à l'échelle nationale, dans toute l'Allemagne. Puis, c'est Dawit, pas Jannis. Donc, un pas a été franchi. L'affaire est devenue un événement, un enchaînement d'événements étranges, perturbants, tristes.

C'est comme ça, naturellement, il le savait car, en accord avec Malvi, il a lui-même communiqué les données de l'enquête au service de presse. Jannis, Dawit. Avec un appel à témoins. Le numéro sous lequel les témoignages sont enregistrés a été inséré et lu par la présentatrice du journal d'une manière très claire. Limpide. Comme si, grâce à ce numéro, grâce à cette suite de chiffres, des indices à la résolution de l'énigme il n'y avait qu'un pas. L'idée de Sarah l'effleure, la sœur de Jannis.

Et l'idée que Marlène va rentrer en bus. Tranquillement, saine et sauve. À moins que ?

Maintenant, le présentateur météo va et vient sur l'écran. Il est fébrile, comme saisi d'une joyeuse impatience, peut-être parce que les températures restent estivales et que la pluie promet de ne pas être au rendez-vous.

Ben se renverse en arrière. Vide le verre d'eau. L'avis de recherche est passé en fin de journal, comme toujours. Il se demande combien de parents sont assis sur leur canapé, en pensant au garçon qu'ils ont vu, se demandant s'ils reconnaissent l'homme, l'inconnu, la silhouette méconnaissable sur l'image grise.

Son portable vibre. La mélodie retentit. Il regarde le numéro pendant quelques secondes. Ne comprend pas. Pourquoi Malvi l'appelle-t-il ? Son cœur se serre. Ont-ils trouvé Jannis ? Ou Dawit ? *Is my son still alive ?*

— Alors ? demande-t-il.

— Ben ? demande Malvi.

— On a quelque chose ? demande-t-il. Jannis ?

— Non, dit Malvi.

Dawit ? pense Ben. Mais il ne pose pas la question car il sent qu'il s'agit d'autre chose. On n'a trouvé personne. Pas de garçon vivant. Pas de corps.

— Écoute, on a une demande. De la rédaction de la journaliste Schiller.

Quoi ? pense Ben.

— Tu m'entends ? demande Malvi.

— Oui, oui, dit Ben.

— Bon alors, ils font une émission sur le sujet, dit Malvi.

— Sur quel sujet ? demande Ben.

— Sur le nôtre bien sûr.

— Quoi ?

— Tu as entendu parler de l'affaire avec le skieur ?

— Quoi…

— Ce skieur sur lequel on enquête pour détention de pornographie enfantine.

— Ah, dit Ben.

— Ils préparent une émission sur le sujet et ils veulent faire un lien avec notre cas, dit Malvi.

Notre cas, pense Ben.

— Le sujet est en fin de compte… quelque chose comme… abus sexuels sur enfants et comment notre société gère ça. En lien avec l'affaire actuelle de ce skieur et notre enquête qui depuis aujourd'hui… fait… beaucoup de bruit.

— Oui, dit Ben.

— Ils veulent t'avoir dans l'émission, dit Malvi.

Quoi ?

— Ils ont posé la question et je pense que tu es l'homme qu'il faut pour ça.

Moi, pense Ben. Il essaie de saisir quelque chose. Quelque chose de latent. Mais il n'y a rien, rien que Malvi qui parle. Malvi qui n'ira pas lui-même dans une émission de télé bien sûr, parce qu'il sait qu'il a tendance à transpirer et à bafouiller devant les projecteurs.

— Oui, dit Ben.

— Bon, on en reparlera demain, dit Malvi.

— Oui.

— À demain, dit Malvi.

— À demain, dit Ben.

Il laisse retomber son portable, regarde l'heure, les chiffres verts sous la télé. 21 h 38. Est-ce normal, en fin de compte, qu'ils s'arrêtent de travailler ? Malvi et lui ? Où est Jannis ? Les recherches à Wiesbaden-Biebrich vont bientôt être interrompues, d'abord pour aujourd'hui et ensuite complètement. Les hélicoptères rentrent aux hangars. L'entraînement de handball de Marlène finit… quand ? Quand arrive le bus ? Combien de temps dure le trajet ?

— Je suis là, crie Marlène.

Il se retourne, la voit, elle est dans l'embrasure de la porte. Fraîche comme une rose.

MARKO

En fin de soirée, Marko regarde par la fenêtre en direction du camping. Une idée ne lui sort toujours pas de la tête. L'idée de ce que Holdner va dire. Même s'il s'en doute.

Il reste là un moment, puis se ressaisit, prend une profonde inspiration. Descend. La chaleur de la nuit qui tombe l'étreint, l'enveloppe tandis qu'il se dirige vers la caravane de Holdner de l'autre côté. Il se concentre sur ses pas, marche doucement, avec souplesse. Léger comme une plume. Mais ça ne va pas ensemble. La concentration et la légèreté. Il s'arrête, à quelques mètres de la caravane, derrière la petite fenêtre, la lumière est allumée.

Non, pense-t-il. Non. C'est une mauvaise idée. Tout ça, ça ne colle pas, ça ne va pas ensemble. Rien ne va. Le soleil gris, la belle journée, le magasin de jouets, les gens, la pelouse verte, des jouets sur des tables et puis ce garçon. Qui l'a abordé, directement. Qu'est-ce que ça veut dire ? Ça ne colle pas, ça ne doit pas être. Il doit faire demi-tour, doit… quelque chose…

— Marko ?

Il sursaute, ses jambes vacillent.

— Qu'est-ce qu'il y a ? demande Holdner.

Il est dans l'ombre de sa caravane.

— Ça va, toi ? demande Holdner.

Marko hoche la tête, alors qu'il voudrait partir. Partir en courant. Holdner se rapproche, du même pas que celui auquel s'appliquait Marko. Souple, léger comme une plume.

— Qu'est-ce qu'il y a ? demande Holdner, un peu plus sèchement.

— Rien.

— Pourquoi est-ce que tu te faufiles comme ça la nuit autour de la caravane ?

— Rien, répète Marko. Juste comme ça.

Ce qui va suivre est écrit. Les secondes suivantes déjà passées. Il le sait. Rien, rien, pense-t-il.

— Quoi ? demande Holdner.

— Oui, dit Marko.

Il lit dans les yeux de Holdner la question qu'il n'a pas posée.

Holdner ouvre de grands yeux.

— Oui… j'ai… un…

— Non, dit Holdner.

— J'ai…, dit Marko, mais déjà le coup l'atteint, il entend un craquement, au-dessus de la joue, tandis qu'il s'affaisse.

HOLDNER

Non, pense Holdner. Non, non, non. Et ses pensées se mettent à tourbillonner, à tourner en rond dans sa tête. *Tu n'aurais jamais dû te laisser embarquer là-dedans avec ce type.* C'est la phrase qui revient en boucle pendant qu'il cherche une échappatoire à d'autres niveaux. Alors qu'il ne sait pas ce qui s'est exactement passé. Ce que cet… idiot… *Tu n'aurais jamais dû te laisser embarquer là-dedans avec ce type.*

— Putain, marmonne Marko, allongé par terre.

Il se tient la joue.

— Putain, dit-il.

Essaie de se relever, lourdement.

Tu n'aurais jamais dû te laisser embarquer là-dedans avec ce type. Tu n'aurais jamais dû te laisser embarquer là-dedans avec ce type.

— OK, qu'est-ce que ça veut dire au juste ? demande-t-il.

Marko le regarde. Allongé par terre. Apeuré.

Holdner aime ça. Il sent un tiraillement entre ses cuisses, même Marko ne l'intéresse pas. Il n'aime pas les garçons. Ni les hommes qui se comportent comme des enfants, comme Marko.

— Quoi ? demande Marko.

— Qu'est-ce que tu as fait exactement ? Qu'est-ce que j'ai à voir avec ça ? Par cette belle nuit d'été ?

— Heu…

— Tu vas parler, oui ou non ?

— Je… j'étais…

— En vadrouille, dit Holdner. En vadrouille, en vadrouille. Marko en voyage. Merde, merde, merde.

— Je… j'ai… un…

— Oui !

Holdner crie, alors qu'il voulait garder son calme. Ne voulait réveiller personne. Mais il n'y a pratiquement personne là.

— En haut, chez moi, dans l'appartement… j'ai un…

— Oui ?

–… un garçon.

Le pied de Holdner part, de toutes ses forces. Il savoure, savoure le cri rauque qu'il pousse, un cri qui va réveiller les rares campeurs longue durée mais ça lui est égal, putain, complètement égal.

CHRISTIAN

Il aperçoit le fast-food de loin, c'est comme une lumière dans la nuit. Machinalement Christian sourit. Même heure, même endroit, comme convenu, et il est certain qu'elle sera là. Il ignore sur quoi repose cette certitude, c'est comme ça. Elle est là. Debout à côté de l'horodateur. Reluque un homme à l'air nerveux qui, debout lui aussi devant l'horodateur, cherche de la monnaie dans la poche de sa veste.

— Hé, crie-t-il. Cherche son regard déjà d'assez loin. Elle se tourne vers lui, penche la tête. Plisse les yeux. Maintenant, il est devant elle, près de l'homme qui continue à chercher sa monnaie.

— Je n'en ai pas pour longtemps, marmonne l'homme, j'y suis presque.

— Prenez votre temps, dit Christian.

— Même heure, même endroit, dit-elle.

— Je suis content que tu sois venue, dit Christian.

Elle rit, joyeuse.

— Ce n'est pas vraiment étonnant, généralement, je suis ici. Surtout à cette heure.

— Hum.

— En fait, je n'avais pas vraiment à me déplacer.

— C'est quand même bien, dit Christian.

— Alors, dit-elle.

Ils vont dans le restaurant. Elle commande la même chose que la nuit précédente. Lui aussi. Un café bouillant, malgré la chaleur lourde. Un sombre été. Curieusement, elle a l'air à la fois malade et en bonne santé. Fatiguée. Et en même temps tout à fait réveillée.

— Alors ? demande-t-elle.

Il la regarde.

— Hier, tu n'as pas tout raconté. Tu as omis beaucoup de choses. Beaucoup raccourci l'histoire.

Il se tait. L'observe. Se demande quelle histoire elle aurait à raconter si elle voulait raconter. D'une certaine manière, il est certain qu'elle ne le fera jamais. Contrairement à lui, car il a commencé à raconter, enfin, après… bien des années. Il avait quinze ans. Cela fait un moment, ce pourrait être hier. Non pas hier, hier il était là, assis avec Nadine. Comme il l'appelle, il a ce nom devant les yeux, bien qu'il ignore comment elle s'appelle.

— Qu'est-ce qui s'est passé dans l'intervalle ? demande-t-elle. Dans l'intervalle. Vous avez fait connaissance, Nathalie et toi, et puis elle est morte. Quoi d'autre ?

Il ne la quitte pas des yeux. Il y lit de l'ironie, mais aussi un véritable intérêt. Et de la compassion. C'est du moins ce qu'il croit. Elle sourit. C'est plutôt un petit sourire entendu.

— Oui…, dit-il.

— Vas-y, dit-elle.

Il détourne les yeux et se met à raconter.

CINQ

Vis
ton
rêve

BEN

Le lendemain matin, il part de bonne heure voir Landmann. Sur le trajet, il téléphone à Mark Lederer. Les avis de recherche de la police dans les médias nationaux ont eu l'effet escompté. Depuis ce matin, ils ont déjà reçu plus de deux cents témoignages. Beaucoup concernant l'identité de l'homme sur l'image vidéo.

— Si tous ces témoignages étaient exacts, cet homme aurait des dizaines d'identités, dit Lederer.

Ben ne dit rien. *Des dizaines d'identité.* Cette pensée résonne en lui.

— Nous allons vérifier très vite tout ce qui paraît plausible.

— Bien, dit Ben.

— Nous avons déjà passé en revue ceux qui sont fichés. Aucun soupçon n'a été confirmé parmi eux.

— Oui, dit Ben.

Ce n'est pas étonnant. Surtout que l'ADN retrouvé sur la fourrure de l'ours en peluche ne correspond à aucun profil enregistré dans notre base de données.

— Je travaille maintenant sur les procédures qui ont

été classées, dit Lederer. Je vais me consacrer aux plaintes qui n'ont pas été considérées comme pertinentes et qui n'ont pas été suivies. Il y aura peut-être… quelque chose.

— Oui, tu as raison. À bientôt, dit Ben.

Mark Lederer, pense-t-il, minutieux comme il est. Cette fois peut-être particulièrement minutieux.

Ben est presque arrivé chez Landmann, il laisse la voiture rouler toute seule. La surface bleu foncé du lac s'étend devant ses yeux. Cette pensée qui revient. *Pour moi, tout pour moi.* Toute la vie un spectacle, mis en scène rien que pour lui, Ben Neven. Landmann, un acteur qui incarne son rôle de manière aussi convaincante que si c'était vrai.

Debout sur le pas de la porte, Landmann lui sourit tandis que Ben avance vers la maison sur le gravier.

— Bonjour, crie Landmann.

— Bonjour Ludwig.

HOLDNER

Le soleil éclaire son petit-déjeuner, un toast avec un œuf et beaucoup de jambon. Il a du mal à ordonner ses idées. Les images défilent devant ses yeux, grises. Comme un pressentiment bien trop concret. Marko lui a montré le merdier. Dans la nuit. Ils sont allés dans son appartement, ils ont pris d'abord l'ascenseur puis le couloir, Marko a ouvert la porte et, avec son regard de chien battu, il l'a conduit directement dans la salle de bains. Un garçon, endormi dans la baignoire.

Par prudence, Holdner a mis son masque mais le garçon ne pouvait pas le voir. Il était plongé dans un demi-sommeil.

Que faire ? Ce qui est sûr, c'est qu'il doit se débarrasser de Marko. Qu'il foute le camp. N'importe où. Qu'il aille sévir ailleurs, en tout cas loin d'ici, de préférence sur une autre planète. Il n'aurait jamais dû se laisser embarquer avec Marko, mais ça ne sert plus à rien de se dire ça. C'est trop tard.

Il a Marko sur le dos, avec tout ce merdier, maintenant, il faut qu'il fasse le ménage pour lui. Ce n'est pas la première fois. Mais les signes prémonitoires ont changé. Il a fait le point le matin, affolé. L'affaire fait déjà la une des journaux, et des médias. Il y a même une photo de Marko en ligne. Mais une photo où seul quelqu'un qui le connaît vraiment peut le reconnaître. C'est-à-dire quelqu'un comme lui, Holdner. Qui d'autre connaît Marko aussi bien, qui serait en mesure de l'identifier sur cette photo ? Dans un premier temps, Holdner ne voit personne. Bon, c'est déjà ça.

Tout le reste est mauvais. Pendant des années, il a fait le ménage ici. Il avait la situation bien en main. On ne pouvait faire mieux et il a fallu que surgisse ce Marko. Il s'est figuré alors que Marko pourrait lui être utile. Qu'il pourrait avoir besoin d'un cameraman…

Il lève les yeux. Sur l'aire de jeux du camping, les filles jouent, Laura et Simona. Quand elles regardent dans sa direction, il leur fait signe.

Pas bon, pas bon, pense-t-il. L'œuf a un goût salé alors qu'il a oublié de le saler. Il attrape la salière, sale copieusement alors qu'il a déjà un goût de sel sans être salé. Pas bon, pas bon. Il ferme les yeux. Concentré sur le noir qu'il voit. Puis il ouvre les yeux, en grand, cela l'aide à se concentrer, il sait par expérience que c'est comme ça qu'il y voit plus clair. Fermer les yeux, ouvrir grands les yeux. Mais pas aujourd'hui. Aujourd'hui, il voit flou, Laura, Simona, sur l'aire de jeux.

— Y a quoi à déjeuner, papi ? crie Laura.

— Des frites, lui crie-t-il.

Laura hoche la tête. Se détourne. Des cris lui parviennent de plus loin, du côté de la piscine. Des cris, des rires. Il pourrait y aller, sauter dans l'eau, laisser son regard vagabonder pendant qu'il se rafraîchit. Ce pourrait être une belle matinée d'été, sans ce… il lève les yeux. Cherche la fenêtre de Marko, un petit carré dans ce vilain bloc gris que le soleil inonde de sa lumière d'un blanc éblouissant, transformant la fenêtre en un miroir qui reflète toutes les couleurs en même temps.

BEN

Landmann contemple les photos, le plus tranquillement du monde. Songeur, comme Ben l'a souvent vu faire. Comme si une solution allait bientôt franchir ses lèvres, une réponse simple. Mais il secoue la tête. Sans lever les yeux des photos. L'ours en peluche, les deux garçons. Jannis et Dawit.

— Nous avons sensiblement intensifié les recherches publiques, dit Ben.

Landmann hoche la tête.

— Nous allons évidemment recevoir beaucoup d'infos qui ne mèneront nulle part. J'espère que le nombre d'enquêteurs sera lui aussi augmenté.

— Oui, dit Landmann.

Mais je ne l'espère pas vraiment, pense Ben. Il a menti. Menti à Landmann. Sans sourciller. Landmann a les photos dans les mains, maintenant il les pose sur la table blanche, ils sont assis dans le jardin, avec vue sur le lac, dans un paysage de carte postale. Ben se demande pourquoi c'est ainsi. Pourquoi il ne veut avoir personne avec lui. Ce qu'il préférerait, c'est enquêter seul. Cette idée lui était déjà venue, hier. Il ne la comprend pas, pas vraiment, il ne peut pas la chasser de son esprit, en faire une affaire classée. Comme fait sans doute Lederer avec ses idées, jour après jour.

— Oui, c'est important. Vous n'avez pas beaucoup de temps, dit Landmann.

Ben ne dit rien.

Puis, en l'espace de quelques secondes, deux téléphones sonnent, d'abord le portable de Ben puis le fixe de Landmann dont la mélodie parvient assourdie au-dehors, mêlée à la petite brise tiède.

— Un instant, dit Landmann, tandis que Ben prend sa communication. Lederer.

— Encore moi, dit-il.

— Mark, dit Ben.

— Salut, Ben. Malvi a annoncé qu'il passait le nombre d'enquêteurs à dix. La réunion est à dix heures et demie.

— OK. J'arrive.

— À tout à l'heure, dit Mark Lederer.

— À tout à l'heure.

Ben se lève. Laisse son regard errer sur la pelouse jusqu'au lac. De l'autre côté, au loin, on entend un rire, des petits cris, des enfants qui sautent dans l'eau. Landmann revient.

— J'ai cru que c'était Barbara mais ce n'était que la banque qui m'annonçait qu'elle fermait.

Ben fronce les sourcils. Landmann sourit.

— Ils fusionnent, toutes les données pour la banque en ligne doivent être actualisées. Je vais recevoir de nouveaux accès par courrier.

— Ah. OK, dit Ben. Comment va Barbara ?

— Bien. Je pense. Cela fait un moment que nous ne nous sommes pas parlé. Par moments, elle a besoin de… calme.

— Je comprends, dit Ben.

— Ce que, en père compatissant et aimant, je ne lui conteste pas, bien sûr, dit Landmann en souriant.

— Oui, dit Ben.

— Et Marlène, ça lui fait quel âge ? demande Landmann.

— Onze ans, dit Ben.

Landmann hoche la tête.

— Barbara, vingt-sept, dit-il. Elle fait des études de théâtre mais elle n'est pas sûre de vouloir continuer.

Du théâtre, pense Ben. L'idée lui vient qu'il a peut-être vu les choses comme Christian. Qu'à son arrivée, il a eu l'impression que c'était une mise en scène, un spectacle à son intention à lui, Ben Neven. Où Barbara, la fille de Landmann, tient le rôle de l'absente, de celle qui peut se passer de mots.

— Oui, dit Landmann. Tout va vite. Quand je pense à Barbara, les années sont comme… concentrées sur ce qui est central, sur une seule seconde.

Ben laisse les mots agir. Acquiesce.

— Comment va Marlène ? demande Landmann.

— Bien, je pense, très bien même, dit Ben. Les vacances.

Landmann se met à rire.

— C'est vrai.

Des vacances, pense Ben. Un bateau de pirates. Jannis. Un garçon qui veut faire profiter les autres de ses jouets. Où les Meininger envisageaient-ils de partir ? Par cet été chaud ?

— Je pense que vous cherchez un homme replié sur lui-même, qui a peu de contacts, dit Landmann. Au maximum, je peux l'imaginer en relation avec des gens qui soit ne le voient pas, soit d'une certaine manière l'ignorent.

Ben attend. Suspendu aux paroles de Landmann.

— Ou s'il entretient une relation plus étroite, dit Landmann, ce devrait être une relation avec quelqu'un qui le reconnaît en tant que tel et de ce fait le domine.

Ben hoche la tête.

— L'homme que nous cherchons, celui qui a enlevé Jannis et Dawit, agit probablement en ayant le sentiment de faire ce qui doit être fait. Tu comprends ? Je n'ai pas l'impression qu'il agisse sous le coup d'une émotion, il le fait simplement. Il obéit à un plan simple qu'il met en application. Personne ne le remarque, alors qu'il fait quelque chose de monstrueux. De monstrueux, mais qui, à ses yeux, ne l'est pas. Parce qu'il ne… le réalise pas vraiment.

Landmann se tait, comme s'il se concentrait sur l'écho de ses propres paroles, comme s'il vérifiait encore une fois le contenu de chacune d'entre elles.

— Voilà ce que j'en pense, dit-il enfin.

Ben hoche la tête. Se demande soudain ce qui se passerait si Landmann le reconnaissait comme il reconnaît l'homme qu'ils cherchent, l'homme qui ressemble à un gentil ours.

— J'espère de tout cœur qu'un des nouveaux témoignages contient une piste, dit Landmann.

Ben hoche la tête.

— Je me manifeste dès que j'ai quelque chose de nouveau, dit-il.

— À bientôt.

Il retourne sur le gravier jusqu'à sa voiture, monte. Landmann lève le bras en guise d'adieu tandis que Ben démarre et s'éloigne, avec le sentiment que c'est la deuxième fois de la matinée qu'il part de chez lui vers un avenir incertain.

CHRISTIAN

Christian regarde les photos sur le mur. Des photos des garçons, Jannis, Dawit et Lars. Lars May, qui est encore là, *hic et nunc*, chez ses parents, parce qu'il n'a pas accepté le tigre que l'inconnu voulait lui acheter.

La lumière du soleil se fraie un chemin, inonde la grande salle de réunion, illumine les photos au mur qui resplendissent, indissociables d'un été sans fin.

Jannis Meininger. Dawit Gebreselassie. Lars May. Et lui, Christian.

Il pense à ce garçon, à celui qu'il a été, il y a un certain nombre d'années. Ensemble avec Nathalie, une adolescente, toute une histoire qui ne faisait que commencer, une histoire à ses débuts.

Il entend sa propre voix, ce qu'il a raconté, dans la nuit, une longue histoire, Nadine se taisait, il avait l'impression qu'elle écoutait, attentivement. Il a raconté ce qu'il croyait avoir oublié. Des souvenirs surgissaient tandis qu'il racontait, des images s'imposaient, des images d'instants qui avaient été importants, trop longtemps enfouis. Pendant qu'il parlait, il réalisait combien il était nécessaire d'en parler. De raconter cette histoire. De parler de ses parents qui étaient rentrés de leurs voyages d'affaires et ne comprenaient pas ce qui s'était passé. Qui lui demandaient ce qui lui avait pris de laisser une fille passer la nuit chez eux, pendant une semaine. Comment tout cela avait-il été possible. Comme s'il pouvait répondre à cette question.

Pouvait-il leur expliquer ce que cela signifiait, ce que c'était que cette information à laquelle ils étaient confrontés : une fille était morte, chez eux ? Et maintenant il y avait des policiers dans la maison, dans leur maison. Qu'est-ce que Christian s'était imaginé ?

À ce moment du récit, il avait fait une pause et Nadine, il l'a vu, avait une question sur le bout de la langue mais elle ne l'a pas posée. Et Christian s'est souvenu, les images devenaient soudain tangibles, à portée de main. Des policiers dans la maison, il allait falloir enquêter, sur la cause de la mort, les circonstances de la mort. Des drogues ? De l'alcool ? Vous étiez très amis ? Vous et Nathalie Stern ? Effectivement, les policiers l'ont vouvoyé, il s'en souvient maintenant très précisément. Il trouvait ça drôle, loufoque, comme le reste. Tout était faux, loufoque, pas réel. Faussé. Ça clochait, tout simplement. Personne ne s'endort en écoutant de la musique qu'il aime pour ne plus se réveiller. Les policiers l'ont toisé. Sceptiques, interrogatifs, sévères, perplexes, compatissants.

Les faits n'ont été établis que plusieurs jours après, deux médecins les lui ont communiqués. Nathalie, ton amie, est morte d'une rupture d'anévrisme. Les médecins l'ont tutoyé.

Les parents de Nathalie. Stupeur. Après, il ne les a rencontrés qu'une fois, par hasard, dans la rue. Il ne les connaissait presque pas mais il pense que c'étaient de braves gens. Chaleureux, comme Nathalie.

Nadine a gardé le silence, a écouté attentivement, c'est l'impression qu'il a eue. À la fin, c'est l'épuisement qui a incité Christian à mettre un point. Derrière la phrase dont il ne se souvient pas. La phrase s'est retirée, le souvenir est reparti dans le temps et Nadine a fini sa limonade.

— C'est peut-être pour ça que je suis entré dans la police, a-t-il dit.

— Tu es policier ? a-t-elle demandé.

C'est vrai, il ne l'avait pas encore mentionné. C'est peut-être plus simple comme ça. Il est entré dans la police pour continuer un jour à enquêter. Pour trouver ce que les policiers n'ont pas trouvé. Pourquoi quelqu'un meurt, comme ça, pour une raison qui est aussi étrangère que le mot. *Anévrisme.*

Autour de lui, des mots vacillent, des sons. Il lève les yeux. Les collègues sont entrés dans la pièce, debout, en petits groupes, Malvi essaie de convaincre Ben qui a l'air fatigué. Mark Lederer est déjà assis à la table, penché sur des dossiers. Quelques nouveaux enquêteurs viennent de les rejoindre. Frauke Weiler, de la police scientifique, est debout près de la grande fenêtre, elle téléphone.

— OK, onze heures, asseyez-vous, je vous prie, crie Malvi.

Onze heures, pense Christian en se dirigeant vers la table. Juste un instant, *hic et nunc*, fini.

BEN

Il écoute attentivement, tous les sens en éveil. 367 témoignages. C'est le chiffre qu'a cité Lederer. 367 témoignages leur sont parvenus jusque-là, étant donné l'ampleur de la couverture médiatique de l'enquête.

— La plupart de ces témoignages concernent la disparition de Jannis Meininger, dit Lederer. Mais certains sont aussi parvenus aux collègues d'Innsbruck, à propos de Dawit Gebreselassie.

— OK, dit Malvi.

Il fait signe à Lederer de continuer. Résolument. Comme si Lederer pouvait déjà formuler dans les phrases suivantes une quelconque réponse aux interrogations qui demeurent.

— J'ai fait un tri et je vous soumets à tous la liste complète mais aussi une sélection, de sorte que chaque équipe dispose de cinquante à soixante témoignages à étudier.

Malvi acquiesce. Tous se taisent.

— D'après moi, il n'y a rien dans tout ça qui laisse espérer du nouveau mais évidemment, on ne sait jamais.

Lederer se lève, commence à distribuer les classeurs bleu foncé dans lesquels il a agrafé les témoignages en question. Pendant quelques instants, Ben est persuadé qu'il y a là-dedans quelque chose, un endroit, un nom, n'importe quoi, qui soit susceptible de faire aboutir l'enquête. Ne serait-ce que parce que Lederer a assemblé les écrits si scrupuleusement. Presque délicatement. Soigneusement. Lederer donne la parole à Malvi, Malvi parle. Maintenant, Ben perd le fil, ses pensées s'amalgament, se dispersent.

— Ben ?

C'est la voix de Malvi. Réelle, agaçante, sonore d'abord, puis très sèche, tout près de lui. Il lève les yeux.

— Donc, comme j'ai dit, nous avons reçu la proposition de la rédaction de l'émission de télé, et nous l'avons acceptée. Ben va s'en charger, dit Malvi au groupe d'enquêteurs.

Ben sent les regards braqués sur lui.

— J'espère que par ce biais nous générerons une attention soutenue pour l'enquête, dit Malvi. Pour être préparés à de nouvelles réactions de la part de la population, nous avons élargi le cercle des enquêteurs à dix personnes, comme vous pouvez le constater.

Malvi balaie l'assemblée du regard, adressant à chacun un coup d'œil qui se veut sans doute encourageant.

— À dix-sept heures, nous nous retrouverons ici et j'espère que d'ici là nous aurons le rapport de celui qui aura tiré le jackpot des témoignages.

Le jackpot, générer, pense Ben. Malvi a-t-il toujours parlé comme ça ? Tous se lèvent, le groupe se disperse, Lederer vient vers lui, nimbé de la lumière scintillante du soleil. Il lui tend un dossier, le logo de la chaîne saute aux yeux de Ben et à côté, sur une photo en noir et blanc, le sourire de la présentatrice, Inge Schiller.

— C'est le déroulé de l'émission que la rédaction nous a envoyé, ton train pour Berlin part à midi et demi. Le billet est dedans, dit Lederer.

Ben acquiesce.

— Je te remercie, dit-il.

Brutal fail Dashcam
Car Crash compilation,
part 1
people falling from trees and so on...
(compilation)
part 7 :-)

LEDERER

La chaleur de midi, pense Mark Lederer. Il a pour la première fois conscience que cette notion existe vraiment, qu'elle veut dire quelque chose. C'est une chaleur qui existe vraiment, et uniquement à midi.

Il marche près de Christian qui fredonne une mélodie, perdu dans ses pensées. Il n'a encore jamais fait ça, du moins pas en présence de Lederer.

Leurs regards se croisent, Christian sourit. Ouvert, détendu. Lederer se réjouit un instant que Christian soit de bonne humeur. Puis cet instant passe et Christian se concentre à nouveau, il contemple le site qui, tel un parc, s'étend devant eux, derrière une rangée d'immeubles, Mark Lederer entend de nouveau un fredonnement, mais ce n'est pas Christian, c'est comme si le soleil ou la petite brise avaient repris sa mélodie au moment où Christian s'est arrêté de la chantonner.

Ils marchent, passent devant une pancarte, qui est de travers dans ses gonds. *À la Plage Rouge, camping vue sur le lac.*

— Tiens, murmure Christian.

Mark Lederer balaie le site du regard, s'arrête par moments sur des caravanes isolées. Des rires leur parviennent, de loin, des bruits d'eau. Il y a un lac quelque part, on entend des enfants sauter dans l'eau, on ne voit ni les enfants ni le lac. L'espace de quelques secondes, Lederer pense que ce sont juste des bruits qui viennent d'un haut-parleur.

— Il y a un lac quelque part, dit-il.

Christian acquiesce. Ils sont maintenant devant un immeuble. La surface des sonnettes et des boîtes aux lettres occupe au moins dix mètres carrés, une centaine de personnes doivent vivre ici. Lederer lève les yeux, regarde le panneau des sonnettes. Quatorze étages. Christian s'est approché, il cherche le nom de la femme dont ils veulent vérifier le témoignage.

— Au septième étage, murmure Lederer.

— Ah, OK, dit Christian. C'est bon, la voilà.

Il sonne, la voix qui répond, quelques secondes plus tard, est une voix basse, cassée. Christian dit leurs noms et la raison de leur visite, un bourdonnement, un clic, Lederer pousse la porte et ils se retrouvent dans l'ombre de l'immeuble, dans une vaste entrée, devant deux ascenseurs.

Ils montent au septième. Quand ils arrivent, la femme est déjà dans le couloir et leur fait signe.

— Entrez, entrez, chuchote-t-elle comme si tout était secret, confidentiel.

— Mon collègue, Mark Lederer. Je suis Christian Sandner, de la police de Wiesbaden, dit Christian. Nous venons à la suite du renseignement que vous…

— Oui, entrez, entrez, dit la femme.

Elle est mince. Plutôt maigre. Mark Lederer sait qu'elle a soixante-huit ans, il s'est préparé. Institutrice en maternelle à la retraite. Margarethe Poulsen. Ils entrent dans l'appartement obscurci, un couloir étroit, un petit séjour, à droite, une salle de bains.

— Entrez, asseyez-vous, dit la femme.

Sur une table côté séjour, des tasses et une cafetière les attendent. Lederer se demande d'où vient son nom de famille, il n'est pas allé si loin dans ses recherches. Était-elle liée avec un Danois ? Si oui, où est-il ? Il ferme les yeux, essaie de se souvenir. Elle est divorcée, pas veuve, divorcée.

— Asseyez-vous, dit-elle en s'adressant à Lederer, car Christian s'est déjà assis sur le canapé bordeaux.

— Madame Poulsen, dit-il. Nous sommes là pour votre témoignage à propos du garçon qui a disparu…

— Jannis, dit-elle.

Christian hoche la tête.

— C'est comme ça qu'ils l'appellent à la télé. Jannis M.

— Oui.

— Meininger. La presse à sensation a donné le nom.

— Oui, dit Christian.

— Du café ? demande-t-elle.

— Oui, volontiers, dit Christian.

— Volontiers, dit aussi Mark Lederer.

Mme Poulsen sourit. Verse le café.

— Votre témoignage concerne un homme qui habite dans l'immeuble, dit Mark Lederer. C'est exact ?

— Oui, dit-elle. Oui.

Elle s'arrête, hésite.

— Oui ? demande Christian.

— Je… il m'est passé quelque chose par la tête. Après que vous m'avez contactée…

— Oui ? demande Christian.

— Je ne voudrais pas faire de tort injustement à quelqu'un.

— C'est-à-dire que vous n'êtes pas tout à fait sûre…

— Oui, c'est ça. Je ne peux pas être sûre.

— Dites-nous ce que vous savez, simplement, dit Christian.

— Je ne peux pas être sûre, c'était juste un doute quand j'ai vu la photo, un arrêt sur image, comme tiré d'une vidéo, dans un parking.

— Oui, exactement, c'est là-dessus que se basent la plupart des témoignages.

— Je pensais que ce pourrait être Marko. Marko Gerhardt, il habite au dixième.

Christian hoche la tête.

— Nous nous connaissons à peine. Juste comme ça, bonjour bonsoir, parce qu'il travaille au débit de boissons, il est parfois à la caisse, alors on bavarde un peu.

Silence dans la pièce. Mark Lederer épie ses paroles. Débit de boissons, caisse, bonjour bonsoir.

— Qu'est-ce qui vous fait penser que ce pourrait être l'homme que nous cherchons ? demande-t-il.

— Oui, c'est le problème, dit-elle. Juste cette silhouette sur la photo. J'ai eu un doute. Mais quand j'y réfléchis, je n'y crois plus.

Lederer sent monter en lui un soupir, le refoule, il a l'impression que Christian fait de même, leurs regards se croisent.

— Je ne le connais pas, mais c'est un homme aimable, calme.

— Son âge ?

Elle réfléchit.

— La trentaine.

— Bon.

Mark Lederer note tout ce qu'elle dit. Les lettres qui deviennent des mots. *Marko Gerhardt, la trentaine. Employé dans un débit de boissons. Dixième étage.*

— C'est peut-être juste mon envie d'être utile. J'aimerais tant vous aider. Je travaillais dans une école maternelle.

— Oui, nous sommes au courant, dit Christian.

— Pendant trente-sept ans, dit-elle.

Christian hoche la tête.

— Je veux peut-être absolument contribuer à vos recherches pour retrouver ce garçon.

— Je comprends ce que vous voulez dire, dit Christian.

Ils se taisent. Mark Lederer porte la tasse à ses lèvres, boit.

— Est-il possible que personne ne l'apprenne ? Je… pour moi ce serait important que personne ne sache que j'ai eu… des soupçons.

— Vos renseignements seront strictement confidentiels, dit Christian.

Ce qui est vrai, du moins tant que se confirme ce qui est probable, à savoir que ce témoignage est un parmi plus de trois cents autres qui n'aboutiront pas.

— Merci, nous allons juste voir ce qu'il en est, dit Christian.

Margarethe Poulsen est effondrée dans son fauteuil. Lederer se demande pourquoi. Peut-être pour plusieurs raisons. Parce qu'elle est triste qu'ils s'en aillent et la laissent seule. Et sans doute aussi parce qu'elle regrette déjà d'avoir contacté la police.

L'ascenseur monte toujours, au dixième étage, et Christian a l'impression que le sol se dérobe vraiment, un mètre après l'autre, sous leurs pieds.

Il cherche le regard de Lederer et il est certain que Lederer pense la même chose. Ou en tout cas quelque chose de similaire. Au dixième étage, il n'y a personne. Un couloir vide. Des portes blanches, et derrière des appartements qui ressemblent probablement à celui de Mme Poulsen. Mais tous meublés un peu différemment. Pendant qu'ils attendent devant la porte de Marko Gerhardt, Christian se demande à quoi ça peut ressembler à l'intérieur. Sans trouver d'image qui prenne forme.

— Il n'a pas l'air d'être là, murmure Lederer.

Christian acquiesce.

— Au débit de boissons ?

Ils attendent encore un moment, même si, à l'évidence, il n'y a personne. Christian met sa joue contre la porte froide, écoute. Rien.

— Bon, on y va…

Il revient sur ses pas. Lederer suit. Soudain, un homme surgit devant eux. Il arrive, alerte, depuis les ascenseurs. Maintenant, il s'arrête. Un homme maigre, de taille moyenne mais son visage trahit un âge avancé. Sûrement plus de soixante ans.

— Bonjour, dit l'homme, puis-je vous être utile ?

Il a une voix ferme, un grand sourire. L'homme est trop vieux et trop mince, ce ne peut être ni Marko Gerhardt ni l'homme qu'ils cherchent.

— Non, merci…

— Vous cherchez Marko ? demande l'homme.

— Oui, apparemment, il n'est pas là.

— Il doit être au boulot, dit l'homme. De quoi s'agit-il ?

— Vous êtes ?

— Je suis le gérant de l'immeuble, dit l'homme en tendant la main droite à Christian. Holdner.

HOLDNER

Ses pensées se bousculent, il les rassemble. Et cela n'arrête pas, pendant qu'ils descendent dans l'ascenseur, traversent le hall ombragé, sortent sous le soleil orange, jaune, rose, à la clarté accablante, qui éclaire les choses, presque comme s'il cherchait à tout mettre au jour, à tout dévoiler, tout ce qui est recouvert de strates, enveloppé dans des couvertures.

Des pensées se bousculent, il les attrape. S'éloigner, pense-t-il, pas à pas, il jette un bref coup d'œil oblique vers le haut, balaie du regard les fenêtres, trouve celle de Marko, une surface de verre vide, sur laquelle la lumière rebondit.

Il détache son regard, anticipe, perçoit tout, les caravanes, les rires qui parviennent du lac artificiel, les bruits de l'eau, les enfants qui sautent dans le lac, plongent, réapparaissent. Plongent, réapparaissent…

— C'est là-bas, nous y sommes presque, dit-il.

Sa voix lui obéit. Elle est ferme et aimable, à la fois proche et réservée.

— Je suis pratiquement sûr d'avoir le numéro de Marko. Mais dites-moi…

Il leur a demandé ce qui les amène. Ils se sont présentés comme policiers. Il doit faire attention. Poser les questions qui s'imposent, mais éviter celles qui paraîtraient malvenues. Un des deux policiers, le grand, a dit que malheureusement ils ne pouvaient lui en dire plus, ce n'était rien d'important.

Rien d'important.

— Dites-moi, Marko n'a pas de… problèmes ?

Les deux hommes ne répondent pas. Ils marchent, se rapprochent de la caravane.

— Je ne le connais pas bien, mais à mes yeux, c'est un brave type, dit Holdner en souriant. Récemment, il m'a même aidé quelquefois pour des petites réparations, dans l'immeuble… lui, en dehors d'une amende pour stationnement abusif, je ne vois pas…

Le policier, Sandner, sourit. Sandner, c'est comme ça qu'il s'est présenté. Et Lederer. *Bienvenue, monsieur Sandner, bienvenue, monsieur Lederer, dans ma modeste bicoque.* Pour ainsi dire.

— Oui, j'habite là, dit-il. En été. Sinon, pour les mois plus froids, j'ai aussi un appartement dans l'immeuble.

Sandner hoche la tête.

— Oui, entrez. Je vais regarder dans mes papiers. Asseyez-vous.

Il entre dans le réduit, son "bureau". Le passe en revue, tout est parfaitement rangé, tant mieux. Il ne savait pas qu'il aurait de la visite. Il attrape la boîte et consulte le fichier, Gerhardt, pense-t-il, Marko Gerhardt, il arrive presque à croire qu'il le connaît à peine, vaguement, ce serait presque exagéré, il leur arrive de bricoler ensemble, des petites réparations, une idée se fait jour. Gerhardt, Gerhardt, marmonne-t-il, presque assez fort pour que les policiers l'entendent. Ils sont assis côté séjour, sur le canapé marron. Il a un point dans l'estomac. Mais il ne transpire pas, pas le moins du monde. De toute façon, ce ne serait pas un problème, avec cette putain de chaleur.

— J'y suis presque, murmure-t-il.

— Ils sont beaux, dit Sandner.

Il est soudain près de lui. Holdner ne l'a pas entendu venir. Il le regarde, interrogatif, souriant.

— Ils sont beaux, ces dessins, dit Sandner.

Holdner lève les yeux.

— Ah oui, dit-il. Vous avez raison.

Les dessins de Laura. Colorés. On ne peut plus colorés. Ils sont accrochés au tableau en liège, au-dessus de son petit bureau. Des lacs, des forêts, des montagnes, parfois des gens minces, avec de longs cheveux blonds ou des cheveux bruns courts. Les couleurs sont très vives, comme si elles pouvaient enserrer et étrangler le cou de quelqu'un, jusqu'à ce que…

— Oui, ma petite fille, elle aime bien dessiner, dit-il.

Sandner, hoche la tête.

— Ah voilà, je l'ai. Le fixe et le portable, tenez.

Il tend au policier la fiche jaune. Gerhardt, Marko, les numéros.

— Si vous voulez, je peux essayer, dit-il. Je peux lui dire qu'il a oublié de payer une amende…

Holdner rit. Franchement, simplement. C'est du moins l'impression qu'il a. Il écoute son propre rire qui résonne.

— Demandez-lui si c'est bientôt la pause de midi, dit Sandner. Et dites-lui que nous passerons, rien d'important.

Holdner marque un temps d'arrêt.

— OK, dit-il ensuite.

Il compose le numéro. En attendant, il espère que Marko n'entendra rien, qu'il ne répondra pas. Marko répond. Sa voix est terne, absente.

— Allô ? Oui ?

— Monsieur Gerhardt ? demande Holdner.

Marko ne répond pas. Perplexe.

— Allô, monsieur Gerhardt ? Marko ? Holdner à l'appareil, le gérant de l'immeuble.

Marko ne dit rien.

— Il y a là deux messieurs de la police qui voudraient vous dire un mot. Rien d'important. Est-ce que c'est bientôt votre pause déjeuner ?

Marko ne répond pas. Ne peut dire un mot. N'arrive pas à évaluer la situation, à combler les blancs.

— Parfait, dit Holdner. OK, oui… un instant…

Il se tourne vers Sandner.

— Vous voulez passer au débit de boissons ?

Sandner hoche la tête.

— Oui, monsieur Gerhardt ? Oui, les policiers vont passer… je peux leur montrer où c'est. Entendu… oui… à tout à l'heure…

Il met fin à la conversation. Ses pensées se bousculent à nouveau, il les attrape. Les empoigne.

— Oui, je peux vous montrer où est le magasin.

— Parfait, merci, dit Sandner.

Et ils repartent, à travers l'été. Le logo du débit de boissons se détache au loin, rouge vif sur le bleu du ciel.

— Là-bas, dit Holdner.

Sandner acquiesce, marche, stoïque. Il n'a pas l'air inquiet ou sur le qui-vive, pas plus que Lederer.

L'été, pense Holdner. Rouge. Il aperçoit Marko, il est devant le magasin, à l'ombre, il fume. Lève les yeux tandis qu'ils s'approchent, traversent la rue, le parking, des gens vont et viennent avec leurs caddies. Marko cherche son regard, encore vingt mètres, quinze, dix… Holdner essaie de s'en tirer sans parler, laisse son regard parler, ouvre grands les yeux, sourit, très calme, Marko, je suis là, tout est sous contrôle, tu la fermes, simplement.

L'homme n'est pas particulièrement corpulent, c'est plutôt comme s'il stockait partout un peu de graisse en trop. Mais en même temps, il donne une curieuse impression de légèreté, comme s'il pouvait mettre sans effort ce corps en mouvement. Il se balance un peu tout en tirant sur sa cigarette. Son regard est interrogatif.

— Oui, pardon ? demande-t-il.

Son regard va de Lederer à Christian. Effleure brièvement le gérant, Holdner.

— Monsieur Gerhardt ? Marko Gerhardt ? demande Christian.

— Oui, c'est moi, dit l'homme.

— Mon nom est Sandner, et voici mon collègue, l'inspecteur Lederer. Nous sommes de la police judiciaire de Wiesbaden, nous ne vous dérangerons pas longtemps.

— OK, dit l'homme.

Marko Gerhardt. Il a d'abord l'air surpris. Lederer se demande tout d'un coup si cet homme évoque pour lui un ours en peluche. En fait non. Peut-être parce qu'il manque d'imagination.

— Qu'est-ce qui… se passe ? demande Gerhardt.

— Pouvez-vous nous dire où vous étiez vendredi ? demande Christian. Vendredi dernier entre onze heures et treize heures.

Gerhardt ne dit rien, il semble réfléchir.

— Eh bien… en tout cas, c'était mon jour de congé…

Le gérant se racle la gorge.

— Il faudrait que je vérifie, dit-il, mais je crois que vers midi, nous avons travaillé chez les Döbert. Pendant au moins une demi-heure.

Gerhardt observe le gérant. Il a le regard vide, un peu comme s'il avait du mal à se concentrer.

— Heu… oui, murmure-t-il.

— Comme je disais, il faut que je vérifie mais oui, je crois qu'entre autres choses, à midi, on a changé les lampes chez les Döbert, un vieux couple. Ils ont une peur bleue de le faire eux-mêmes. Ils pensent que les ampoules sont dangereuses, dit Holdner, en souriant. Et ils sont en vacances, c'est pour ça que c'était le moment. Mme Döbert m'avait laissé la clé.

— Oui… c'est vrai, dit Gerhardt.

— Et c'était vers midi ? demande Lederer.

— Oui, je pense, entre onze heures et demie et midi et demi, à peu près. Après j'ai déjeuné avec Laura, donc c'était avant.

— Oui… c'est vrai, dit Gerhardt.

— Si vous voulez, je peux vérifier, pour ce genre d'activités je tiens une sorte de carnet, pour les comptes avec ma société, dit Holdner.

— Bien, dit Christian.

Lederer regarde Gerhardt qui hoche la tête. Il a l'air fatigué.

— Je vais devoir y retourner bientôt. J'ai laissé des palettes entières de *prosecco* à ranger, dit-il en montrant le magasin. Là-bas, dans le dépôt.

— Bien, monsieur Gerhardt, en attendant, merci, dit Christian.

Il pense probablement la même chose que Lederer. Si les données du gérant se confirment, le soupçon sera levé. D'autant que la personne qui a témoigné a elle-même remis son témoignage en question lors de l'entretien préliminaire. Un des 367 témoignages, un qui ne mène à rien. Comme peut-être les 366 autres. Mais il a dû en arriver de nouveaux.

— De quoi… s'agit-il en fait ? demande encore une fois Gerhardt.

— Nous ne pouvons pas vous le dire mais de toute façon ce sera probablement sans suite, dit Christian.

— Ah. OK, dit Gerhardt. Je peux… y aller ?

— Bien sûr. Au revoir.

— Oui, au revoir, dit Gerhardt.

Il hoche encore une fois la tête puis s'en va, d'un pas traînant, et disparaît dans l'ombre du centre commercial.

HOLDNER

Holdner jubile, en pensée. Ils sont revenus dans la caravane, il se sent enveloppé dans la chaleur comme dans un manteau délicieusement doux. Parfait, pense-t-il.

— Un instant, dit-il.

Il sait où se trouve le carnet, sur son bureau. C'est ce qu'il y a de bien, ce document existe réellement. Vendredi, onze heures quarante-cinq. L'heure où il a changé les lampes des Döbert. La vérité. Hormis une petite différence, c'est que Marko n'était pas là mais ça, personne ne le sait. Marko était là, voilà, au sixième étage, dans l'appartement vide des Döbert. Il lui a tendu les lampes et les ampoules. Ce qui est drôle, c'est que Holdner aurait même volontiers fait appel à Marko, mais le vendredi à onze heures quarante-cinq, il n'était pas là. Il avait autre chose à faire.

— Oui, voilà, dit-il.

Il tend la liste à un des deux policiers, Lederer. L'autre, Sandner, se penche sur un des dessins pleins de couleurs de Laura.

Lederer hoche la tête.

— Vous le voulez ? demande-t-il.

— Pardon ? dit Sandner.

— Le dessin de Laura, ma petite-fille. Je vous l'offre, ça lui fera plaisir si je lui dis qu'il vous a plu.

Sandner sourit. A l'air de réfléchir un instant.

— Allez, j'en ai tout un tas et elle en fait tout le temps de nouveaux.

Maintenant Holdner va même jusqu'à rire, il se sent exulter. Attention, ne pas exagérer, ne pas trop en faire. Il détache le dessin du panneau de liège. Le tient un instant dans ses mains, le papier blanc est lisse et doux, la prairie colorée, l'été que Laura a dessiné. Il tend le dessin à Sandner, Sandner remercie.

— Avec plaisir, dit Holdner.

Par la fenêtre de la caravane, il voit les enfants, Laura et Simona. Elles jouent sur l'aire de jeux, même exubérance qu'ici, dans la caravane, avec ces policiers.

Ils prennent congé. Il les suit des yeux, les voit s'éloigner pas à pas, ressent une sorte de soulagement. Quand ils passent près de l'aire de jeux, Sandner s'arrête un instant. Se demande-t-il si c'est une des filles qui a fait le dessin ? Puis ils continuent, jusqu'au parking, montent dans une voiture sombre. Démarrent, bifurquent sur la route et disparaissent.

Laura a levé les yeux. S'arrête. Simona lui parle, mais se fige un instant. Elle contemple l'endroit, l'espace vide dans lequel se trouvait, juste avant, la voiture sombre des policiers.

BEN

Dans le train pour Berlin, il revoit tous les témoignages qui ont été enregistrés par les fonctionnaires de service. 367 témoignages. Aucun ne promet de faire avancer l'enquête.

Après avoir achevé sa lecture, il envisage quelques minutes de tout reprendre de zéro mais un autre scénario lui vient à l'esprit, juste au moment où le train amorce en douceur et quasi imperceptiblement un virage et que s'étend devant lui un vaste champ d'un vert intense. Ses pensées se mettent à tourner alors autour de l'émission du soir qui sera diffusée en direct. Il ferme les yeux, écoute la voix intérieure qui commence à formuler des réponses, des réponses à des questions qui n'ont pas encore été posées. Marlène a demandé si elle pouvait regarder. Il n'a rien dit. Svéa a dit que c'était trop tard le soir et que c'était un sujet qui n'était pas pour elle.

Pas pour elle, pense Ben.

Bien entendu, cela n'a fait que renforcer l'envie de Marlène de vouloir absolument regarder. Quand son papa passe à la télé. Une voix se détache. Il lève les yeux, voit le serveur du restaurant.

— Vous désirez quelque chose ? demande-t-il.

— Un café, volontiers, dit Ben.

Le train continue sa course tout droit, à droite et à gauche de gros arbres défilent. Des fourrés. Puis de nouveau la rase campagne. Des villages, des maisons. Le serveur apporte le café. Ben effleure le dossier du regard, les feuilles fines, avec les 367 témoignages. Son portable vibre. Svéa. Il s'interrompt. Puis il tape un message. *Suis dans le train, je te rappelle dès que la connexion sera rétablie.* Il joint un smiley, envoie le texte et ferme quelques secondes les yeux devant le monde.

DIRK

— Votre été de rêve à un prix avantageux pour les premiers venus !

— OK.

L'homme derrière la vitre lève le pouce. Dirk Meininger attend. OK ne veut pas dire : c'est bon.

— Il faut encore qu'on synchronise les voix. Harmoniser celle de la femme et de l'homme.

Dirk Meininger hoche la tête.

— On fait de la musique avec les mots, OK ? dit l'homme derrière la vitre.

Dirk a souvent travaillé avec lui, il connaît aussi son nom mais aujourd'hui il peut penser à lui uniquement comme *l'homme derrière la vitre*. Il décide de remettre à plus tard la question de savoir pourquoi c'est comme ça.

— Les mots deviennent un air, la femme et l'homme les chantent d'une certaine manière, comme en duo, dit l'homme derrière la vitre.

Dirk Meininger retire ses écouteurs. Inspire profondément. Il entend maintenant la voix de l'homme assourdie.

— C'est OK, Dirk ?

Maintenant, c'est lui qui lève le pouce.

— C'est bon, dit-il.

Il remet les écouteurs.

— Bon, encore une, OK ? demande l'homme derrière la vitre.

— Oui, dit Dirk.

— Bon, allons-y, dit l'homme.

— Votre été de rêve… à un prix avantageux… pour les premiers venus !

Silence.

L'homme derrière la vitre compare l'enregistrement avec celui de la présentatrice. Dirk Meininger sent le vertige s'insinuer depuis son front vers les zones arrière de sa tête. Jusque vers la nuque.

— Top ! dit l'homme.

Derrière la vitre, Dirk sourit. Machinalement.

— On fait une pause déjeuner et ensuite, encore une ou deux prises, OK ? dit l'homme.

Revenir, pense Dirk. Dans l'autre espace, celui de l'autre côté de la vitre.

— OK, dit-il.

HOLDNER

Il reste assis, une minute, deux minutes. Maintenant, il y a quelque chose d'urgent à faire. Il regarde l'espace vide dans lequel se trouvait la voiture de service de la police judiciaire. Il regarde les filles qui jouent. Font de la balançoire, du toboggan. Grimpent.

Puis il se lève. Animé d'une soudaine énergie. Il marche vite, il a l'impression d'être seul au monde, seul dans un prisme étroit, resserré, un couloir qui s'ouvre devant lui, un tunnel baigné de soleil.

Il entre dans l'immeuble, la fraîcheur l'étreint, il descend aussitôt dans son bureau d'automne et d'hiver. Cela fait un moment qu'il n'est pas venu là. Il n'avait aucune raison. Maintenant il en a une. Marko, pense-t-il. Les policiers ont gobé son côté simplet. Parce qu'il l'est. Si Holdner pensait que Marko a fait semblant, il serait tenté de lui décerner un prix. Mais Marko n'a pas joué la comédie. Marko a juste été lui-même.

Marko a peut-être même oublié, alors qu'ils étaient devant le magasin, en pleine chaleur, la chaleur que dégage le ciel sous la cloche de l'été, oublié simplement le garçon qui dort, chloroformé, dans son appartement.

Holdner allume l'ordinateur, les caméras de surveillance, s'oriente. Tranquille, pense-t-il.

Il fait défiler les images, à rebours. Des gens dans le parking de l'immeuble, ils remontent le temps, c'est le matin, la nuit, le soir, l'après-midi, le midi, le matin, tôt… la vie vécue au ralenti, des gens vont et viennent, viennent et vont. Et puis la voiture de Marko. La petite voiture beige. Holdner reprend son souffle, retient sa respiration. Ralentit les images, laisse Marko descendre de voiture. Hésiter un instant. Aller jusqu'au coffre. Sur l'image vidéo, ce n'est pas particulièrement dramatique, juste gris et silencieux. Marko ouvre le coffre. Holdner inspecte le vaste espace, tout en recoins, du parking. Le parking souterrain. Une belle journée. Holdner se penche en avant, plisse les yeux, puis les écarquille, scrute chaque recoin de l'image, pendant que Marko soulève tant bien que mal une grosse valise. Une belle journée. Dans une valise. Le garçon. Marko se traîne jusqu'aux ascenseurs. Pas à pas. L'image se brouille devant les yeux de Holdner. Marko, sur l'image grise, entre dans l'ascenseur. Personne n'en sort, personne ne court pour l'attraper, personne ne vient demander si Marko était parti en voyage et pourquoi la valise est si lourde.

Puis Marko disparaît, l'image est arrêtée.

Holdner se renverse en arrière, les yeux toujours fixés sur l'écran. Il n'y a personne. Bien.

Bien, bien, bien.

Il se détend. Tape quelque chose sur l'écran, cherche, déterminé. Ouvre une autre image. Un couloir, au dixième étage. Remonter le temps, encore. Marko aussi est dessus, il sort de chez lui, de temps en temps, marche en traînant les pieds, vers le vendredi dernier, jour après jour, Holdner se redresse, se tient le dos droit, pousse un petit gémissement, ou un soupir, tandis que l'instant se rapproche, il ne sait pas d'où vient ce gémissement, ne peut l'associer à quoi que ce soit. Et revoilà Marko, il sort la valise de l'ascenseur, s'arrête dans le couloir. Se met à marcher. Titubant, comme un ivrogne. Mais droit au but. Sous l'effet d'une impulsion secrète. Ignoré de tous. Il est le seul, lui, Holdner, à être au courant. Qu'est-ce au juste, qui pousse ainsi Marko ? Holdner ne le sait pas. Du moins pas exactement.

Marko pose la valise, cherche ses clés, les trouve, ouvre avec une lenteur pénible la porte de son appartement. Personne.

Personne ne passe. Personne ne sort de l'appartement, personne n'engage de conversation avec Marko. Sur l'été torride et le poids de la valise. Et Marko disparaît, derrière la porte. Dans une pièce qu'aucune caméra ne surveille.

Holdner se renverse en arrière. Reste ainsi. Sent la fatigue, le poids derrière son front qui commence à se dissiper, le poids devient léger, en l'espace de quelques minutes. Il pourrait dormir. C'est ce qu'il va faire. Quand il en aura fini avec ce merdier, cette farce intitulée *Marko et la valise*.

BEN

Quand il arrive, Ben voit un chauffeur qui l'attend avec une pancarte et son nom. Ben Neven, BC Wiesbaden, Interview *Schiller.* C'est écrit sur la pancarte que l'homme, de grande taille, tient dans la main. Neven, c'est moi, pense vaguement Ben en se dirigeant vers l'homme à qui il serre la main.

— C'est moi, dit-il.

L'homme hoche la tête.

Puis il traverse le hall de gare, la foule, des bribes de conversations s'accrochent, retombent, flottent sur le sol comme des notes. Des notes que Ben ne comprend pas.

— Je suis juste devant, à l'emplacement des taxis, lui crie l'homme en se retournant.

— Bien, crie Ben.

Il a mis son sac sur l'épaule, il marche d'un pas vif, au rythme de l'homme qui le devance et ils se retrouvent dehors. À l'air. Deux musiciens de rue jouent du flamenco, sur des guitares acoustiques, ils jouent en dépit des klaxons des taxis et du manque d'intérêt des gens qui jettent des coups d'œil à gauche et à droite, filant vers leurs buts.

— Là, derrière, crie l'homme.

Il traverse le parvis, ouvre encore en marchant les portes d'une limousine noire. Ben monte. S'assied sur la banquette arrière. Il fait frais, c'est agréable, le chauffeur a dû laisser, peut-être par mesure de précaution, la climatisation marcher pendant les quelques minutes de retard du train de Wiesbaden.

Ils traversent la ville, s'éloignent, dans des rues plus larges, dans des zones moins urbaines. Ben ferme les yeux, sombre. Sombre dans un rêve dans lequel il est le père de triplés. Svéa sourit, lui dit le nom des trois nouveau-nés qui sont dans une voiture d'enfants. Ben, Ben et Ben, dit Svéa…

— Nous y sommes, monsieur Neven, dit le chauffeur.

Ces mots se prolongent encore quelques instants dans le rêve de Ben.

Trois fois Ben, pense-t-il tout en s'extirpant du rêve. Revient à la surface, au soleil. Non, quatre fois, les triplés et lui-même. Quatre.

— Nous sommes arrivés, monsieur Neven.

Ben ouvre les yeux et le chauffeur sourit, le sourire de Svéa, celui qu'elle avait dans le rêve.

Ils se retrouvent en fin de journée dans la salle de réunion, seul Ben est absent, il est parti à Berlin. 312 des 367 témoignages ont été vérifiés, 135 nouveaux sont venus s'y ajouter.

— Des 312 témoignages que nous avons vérifiés, aucun n'ouvre de nouvelle perspective, dit Lederer.

Malvi ne dit rien. Christian pense au jour qui a passé si vite pendant qu'ils étaient occupés à téléphoner, à faire des recherches sur internet et, à plusieurs reprises, à aller voir les gens qui avaient éveillé des soupçons.

Il pense un moment à la matinée qui lui semble loin. Le soleil de plomb, le débit de boissons rouge. Christian a pris une photo qu'il a imprimée et l'a jointe au dossier qui va être présenté encore une fois au garçon, Lars May. Et à la vieille dame, la voisine de l'école. Il y a seize hommes dans le dossier, seize photos, mais dans aucun des cas il n'y a matière, sur le plan juridique, à ouvrir une enquête préliminaire.

La vieille dame n'a vu l'homme qu'en passant et Lars May a dit lui aussi qu'il ne reconnaîtrait probablement plus l'homme qui voulait lui offrir un tigre en peluche il y a deux ans. Ça avait été juste un instant. Un inconnu qui pose une question étrange. Un garçon qui donne la bonne réponse. Celle qui lui a peut-être sauvé la vie.

Christian revient à la situation présente, il entend maintenant de nouveau la voix calme de Lederer qui est toujours en train de résumer l'enquête de la journée. Il conclut en disant ce que Christian vient de penser il y a quelques secondes.

— En fin de compte, aucun des témoignages jusqu'ici ne résiste à la vérification. Aucun des inculpés potentiels n'est fiché, aucun ne s'est fait remarquer d'une manière ou d'une autre. Sur le plan juridique, il n'y a pas matière à une enquête préliminaire.

Malvi hoche la tête.

— Je reprends, nous avons reçu 135 nouveaux témoignages, c'était la situation quand j'ai quitté le bureau. Il est bien possible que d'ici à demain il y en ait encore autant. Des médias ont commencé à… exploiter… cette affaire.

— Oui, dit Malvi.

— Les recherches dans la zone boisée mitoyenne de l'école ont été interrompues mais peuvent être reprises. À environ quatre kilomètres il y a un lac, les plongeurs vont intervenir demain après-midi.

Malvi hoche la tête.

— Juste pour voir, car les chiens pisteurs n'ont rien signalé à proximité du lac.

Juste pour voir, pense Christian. Malvi hoche la tête encore une fois sans rien dire.

BEN

— Bon, nous allons vous faire une beauté, dit la femme blonde.

Elle a les cheveux en désordre. Un désordre qui semble voulu, dont elle doit être consciente. Un chaos réfléchi. *Faire une beauté*, pense Ben. *Faire beau.*

Cette idée ne le quitte pas, comme l'annonce d'une assistante de rédaction qui lui a dit il y a déjà un quart d'heure qu'ils allaient bientôt passer au maquillage. *Maquillage.*

La femme blonde parle. Pose des questions auxquelles il répond. Il parle de son travail de policier, les mots vont et viennent. Il n'a rien à faire. Il prononce des mots tandis que des mots s'imposent à lui. *Maquillage, beauté, beau.* Se reconnaîtra-t-il encore quand elle aura fini ?

— À vous entendre, c'est passionnant, dit-elle.

Et elle sourit.

— Peut-être plus passionnant que ça ne l'est réellement.

Passionnant ? Qu'est-ce qu'il a dit au juste ? Peut-être qu'elle a dit ça comme ça, passionnant. Pour faire la conversation.

— Je cacherais bien cette petite rougeur, dit-elle.

Il lève les yeux. Cherche dans le miroir une rougeur sur son visage.

— Ici, sur la joue, ce n'est rien, dit-elle.

Ce n'est rien, pense-t-il.

— Oui ? demande-t-elle.

— Pardon ?

— Je peux cacher ça ?

— Ah oui… bien sûr, dit-il.

Maintenant, ses pensées se dispersent peu à peu. Ce n'est rien. Une femme qu'il connaît entre dans la pièce. Il ne peut la remettre, elle hoche la tête, lui sourit. Puis elle s'assied à côté de lui, elle aussi *au maquillage*. Elle ferme les yeux pendant qu'une femme aux cheveux roux lui poudre le visage.

— Voilà, maintenant, vous êtes beau, dit l'autre femme, la blonde.

Il lève les yeux, comprend qu'il peut partir. Et qu'elle pense même probablement ce qu'elle dit. Qu'elle croit vraiment que maintenant il est beau, grâce à elle.

— Oui, merci, murmure-t-il.

— Parfait, dit la rédactrice qui attendait sans rien dire.

Il se lève, part. Tout en marchant, il réalise que la femme assise devant le miroir est la ministre de la Justice. Il n'a pas pensé à regarder la liste des autres invités.

Il marche, dans un couloir orange. Suit la rédactrice. Il se perd, perd le fil. La rédactrice le ramène dans la pièce où il est déjà allé. Le long du mur, il y a des corbeilles avec des fruits, des jus de fruits de toutes les couleurs, un petit buffet froid.

— Mettez-vous à l'aise, dit la rédactrice. Vous avez encore le temps.

Elle sourit, fait demi-tour et s'en va. Encore le temps, pense Ben.

Ses pensées tournent en rond, ça finit par lui donner le vertige. Il ouvre son porte-documents posé près du canapé. Outre les documents du service de presse de la police, il contient aussi la petite boîte dans laquelle se trouvent ses comprimés contre les maux de tête. Il en prend un, l'avale sans eau. Puis il s'assied sur un canapé bleu clair. Ferme les yeux. Voit des images, gris sur blanc. Des contours, des silhouettes. Il se demande où est Jannis, où est Dawit, il a le sentiment qu'ils ont juste disparu, évanescents, comme s'ils n'avaient jamais existé, jamais vraiment, comme s'ils n'avaient été, d'emblée et toujours, qu'une illusion.

LÉA

Le soir, elle est assise sur le canapé, la télévision est allumée. Et soudain, l'instant se fige, quand une image apparaît devant ses yeux. Jannis.

Elle n'entend pas les paroles, c'est une masse informe. L'homme qui les prononce, le présentateur du magazine d'actualité, semble sourire. D'un sourire imperceptible, larvé. Puis son regard s'ouvre, il a l'air de bonne humeur, il annonce le prochain sujet, il est question d'un film, une comédie à ne pas rater. Maintenant Léa perçoit très nettement les paroles. Chaque mot se détache précisément, se démarque des autres.

Le film a une critique très positive. Léa se dit qu'ils pourraient aller le voir, elle et Dirk. Peut-être que Sarah viendra aussi.

L'émission s'achève sur la météo. La chaleur va persister. Chaud et sec. Le présentateur annonce le thème de l'émission suivante : "La maltraitance de l'enfant". Chaque mot est encore distinct, limpide, le présentateur dit que, outre celle qui sera consacrée à un sportif, une partie de la discussion portera sur un thème d'actualité. La disparition de deux garçons.

La musique familière du générique se fait entendre, la présentatrice de l'émission salue les invités et le public. Avec un sourire décent. Inge Schiller. Léa reconnaît une femme politique et un homme que, pendant quelques secondes, elle n'arrive pas à remettre. Puis elle le reconnaît lui aussi, il est très proche. Un homme qui fait partie de sa vie. C'est comme s'il était assis juste à côté d'elle. C'est le policier qui recherche Jannis. Ben Neven.

La présentatrice ouvre le débat. Mais maintenant, il y a vraiment quelqu'un d'assis à côté d'elle. Pas le policier, Neven, lui, il est dans le studio de télévision. C'est Sarah. Elle s'est assise à côté d'elle, sans rien dire.

Ensemble, elles écoutent ce que dit la présentatrice. Les mots se brouillent de nouveau, puis s'agglutinent, sèchent en quelques secondes, deviennent durs et impénétrables comme du béton.

BEN

Il croyait qu'il allait avoir le vertige, qu'il allait devoir se concentrer, qu'il allait se mettre à transpirer. Mais maintenant, il voit les choses très clairement, il est très présent et calme.

Il écoute. La présentatrice pose des questions, la ministre de la Justice répond. Un psychologue répond. L'éditorialiste d'un magazine politique hebdomadaire répond. Ce n'est pas encore à lui. Il se renverse en arrière, se dit que ça va simplement continuer comme ça. Il n'aura qu'à écouter, attentivement.

— Je voudrais maintenant saluer le quatrième invité de notre table ronde, dit la présentatrice.

Inge Schiller. Elle lui adresse un sourire quand il lève les yeux.

— Ben Neven, de la police judiciaire de Wiesbaden. Il enquête sur une affaire qui nous intéresse aujourd'hui. Il s'agit de la disparition d'un garçon à Wiesbaden, et aussi de celle d'un garçon il y a quelques mois à Innsbruck, en Autriche. Bonsoir, monsieur Neven.

Il salue de la tête.

— Monsieur Neven, est-ce que votre enquête vous a fourni une clé ? Une explication de ce qui peut générer un tel acte de violence ? Une violence dirigée contre des enfants ?

Il ne répond pas. Hoche la tête. Prend une profonde inspiration.

— Eh bien… en fait, c'est exactement ce que je suis, un enquêteur, dit-il. Avec mes collègues, j'essaie de découvrir ce qui s'est passé. Et bien entendu, dans une affaire comme celle-ci, nous essayons de savoir où se trouvent les garçons que nous recherchons. Nous faisons notre possible pour faire avancer l'enquête, il ne nous reste guère le temps de réfléchir à autre chose.

La ministre de la Justice intervient. Maintenant Ben doit se concentrer un peu, il ferme les yeux, se focalise sur les paroles de la femme politique. Elle le complimente, souligne combien il est important d'avoir de bons policiers. De bons policiers comme lui.

La conversation s'éloigne de nouveau, de lui, de l'enquête. Elle tourne autour du sportif le plus populaire du pays, qui fait la une des infos depuis une semaine pour possession de pornographie infantile. Le journaliste raconte comment il est parvenu à révéler l'affaire. La question est posée de savoir si c'est légal, dans la mesure où la procédure en est encore au stade préliminaire, manifestement, le parquet a communiqué aux médias des informations confidentielles. Et en particulier au journaliste qui est assis en face de Ben.

— Vous préféreriez que l'on passe tout ça à la trappe ? demande le journaliste.

À qui demande-t-il ça ? Probablement à la présentatrice, c'est elle qui a posé la question. Ben n'a suivi l'affaire que de loin. En réalité, il n'a pas voulu en entendre parler. Le journaliste et la présentatrice échangent leurs points de vue, comme s'ils se renvoyaient la balle.

Bien entendu, une procédure comme celle-ci doit respecter le droit, ce qui implique également de s'interdire tout jugement hâtif.

Les paroles flottent dans la pièce. L'espace d'un instant, Ben est vraiment certain que quelqu'un d'autre a parlé. Un invité du plateau ou même un spectateur qui s'est levé et a pris la parole mais c'est idiot car c'est lui qui a parlé.

Le journaliste a un petit rire. Se sent-il attaqué ? Probablement.

— Cela me semble en effet important, par principe, s'entend dire Ben. Cela ne nous apporte rien de discuter au préalable d'éléments que la justice n'a pas encore examinés.

Mot pour mot, pense Ben. Concentre-toi.

— Pour moi, poursuit-il, il ne fait aucun doute que des gens qui sont en possession de pornographie infantile se commettent avec les criminels. Nous sommes certainement tous d'accord sur le fait que c'est insupportable.

Insupportable, insupportable, insupportable, pense-t-il. Insupportable, insupportable, insupportable. Il continue, continue à parler, il pense et parle.

— Le procureur doit faire son travail. Ce n'est que si les principes fondamentaux de l'État de droit sont respectés qu'à moyen terme nous pourrons améliorer les choses, les faire avancer, en particulier en ce qui concerne les thèmes tabous de notre société.

Il se tait. Croit entendre des applaudissements discrets. Il se trompe peut-être. Se commettre avec les criminels. Insupportable. La ministre parle. Le psychologue parle. Le journaliste parle. Un sourire de la ministre l'effleure. La présentatrice annonce une vidéo qui présente le déroulé des événements, à propos du sportif. Ben se renverse en arrière. Se repasse les paroles qu'il a prononcées. Sa migraine est moins présente. Sa tête est maintenant toute légère. Presque comme si elle allait s'envoler, s'imagine Ben, vers d'autres horizons. Des illusions, pense-t-il. Son torse à sa place, sa tête s'envole.

Les échanges continuent, Ben entend toujours les paroles prononcées, mais moins clairement, plutôt comme en rêve. Puis il se reprend, se concentre à nouveau car la présentatrice revient sur son affaire, celle des enfants disparus. On montre des photos de Jannis et Dawit, ainsi que les numéros de téléphone où parviennent trop de témoignages. La présentatrice lui demande quelque chose.

— C'est difficile, dit-il. Je dois l'admettre. Bien sûr, nous ressentons souvent aussi… oui… de la haine.

Envers les gens qui font du mal à des enfants. En premier lieu... il s'agit pour nous de faire notre travail. Dans l'espoir... que tout va s'arranger.

Tout va s'arranger.

D'autres paroles suivent mais maintenant elles échappent à Ben, même les siennes. Dawit, Jannis. Un journaliste au visage anguleux. Le sourire de la ministre de la Justice est doux. Le psychologue parle posément, si bas que Ben a du mal à l'entendre. À moins qu'il ne veuille pas l'entendre ? Qu'il refuse ses paroles ? Puis il se passe quelque chose qu'il ne comprend pas. Inge Schiller annonce la fin de l'émission, renvoie les téléspectateurs au programme suivant. Un vieux film.

Le public applaudit. Les lumières s'éteignent. L'émission est-elle déjà finie ? Les participants se lèvent, le journaliste s'éloigne rapidement, la ministre parle encore avec Inge Schiller. Ben se lève, péniblement. Sa tête est légère mais son corps semble peser une tonne. Il suit la ministre. Il a le sentiment de devoir enchaîner, de devoir se joindre à quelqu'un mais le groupe s'est déjà dispersé, la rédactrice le remercie brièvement, elle sourit. La ministre traverse le couloir d'un pas alerte, direction la sortie, escortée de quatre gardes du corps. Ben arrive dans la cafétéria, le psychologue est assis sur le canapé, il boit un jus d'orange. Ben choisit une boisson énergétique, une canette à l'éclat rose. Il l'ouvre, boit. Avidement.

Inge Schiller entre dans la pièce. Elle a l'air excitée.

— Je vous remercie, c'était bien, vraiment bien, dit-elle.

Le psychologue dit quelque chose, Inge Schiller répond, ils se mettent tous les deux à rire. Ben n'entend pas ce qu'ils disent. Comme si plus un mot ne pénétrait dans son cerveau.

Il attrape son porte-documents, prend congé, machinalement, mais ils lui sourient, comme si tout était normal.

Il traverse le couloir, aperçoit déjà derrière les grandes baies vitrées les lumières de la ville. Devant le studio, les chauffeurs attendent, l'un d'eux va le ramener à l'hôtel. Son portable vibre. Svéa.

— Oui ?

— Ben ?

— Salut Svéa, dit-il.

— Je voulais juste te dire que ça nous a plu. Ce que tu as dit.

Il ne dit rien.

— Marlène a absolument voulu regarder aussi. Je crois qu'elle était fière de son papa.

Il hoche la tête.

— Ben ?

— Oui, ça me fait plaisir.

— Tu as dit des choses intelligentes. Nous étions très impressionnées.

— OK.

— Ça doit être l'enfer, bon, tâche d'abord de te reposer de tout ça, et ensuite de bien dormir.

— Oui… vous aussi, dit Ben. Dors bien, embrasse Marlène pour moi.

Il laisse retomber son portable. Descend le large escalier jusqu'aux limousines noires qui attendent, moteurs en marche. Il monte. Donne le nom de son hôtel.

— Je suis au courant, dit le chauffeur.

Je suis au courant.

Le chauffeur démarre et Ben a le sentiment de ne faire qu'un avec la nuit.

Le téléphone le réveille, il est allongé sur le canapé, la nuit fait place au jour. Mais le soleil brille déjà. Il s'est endormi après l'émission de télé. En pensant qu'il devait demander quelque chose à Ben. Il ne sait pas quoi. Il faut qu'il retrouve quelle était précisément la question. C'était juste une idée pendant que Ben parlait. Quelque chose dans ses paroles, dans la manière dont il les prononçait, qui l'a interpellé. Peut-être le mathématicien en lui. Comme s'il y avait dans les paroles de Ben une équation cachée. Une équation pas résolue. Du moins pas complètement.

En se dirigeant vers le téléphone, il pense que le soleil brille déjà. Il le pense plus qu'il ne le perçoit mais c'est vrai. Le soleil pénètre par la fenêtre, doucement, à pas feutrés. Il s'arrête l'espace de quelques secondes quand il voit qu'il ne voit rien. Un appel en numéro masqué. Puis il prend la communication, écoute. Un moment.

— Oui, dit-il enfin.

La pièce rétrécit, les murs se rapprochent de lui. Lentement. Doucement, comme le soleil dehors qui s'unit sans bruit au jour qui se lève.

— Oui, dit-il encore une fois.

Écoute. Plisse les yeux. Les ferme. Reste ainsi un moment. Contemple le tapis dehors, le lac. Des souvenirs surgissent, des images grises, gris sur jaune, sur bleu foncé.

Voyager, pense-t-il. Dans le temps. Cette idée ne le quitte pas, aussi vague soit-elle. Voyager, arriver. Faire quelque chose de nouveau, quelque chose d'autre. Trouver la solution d'une équation qui résiste, d'un devoir dont la question comporte une erreur.

Chercher un endroit qui n'a jamais existé.

SIX

take the leaves
let autumn live
another dream

LANDMANN

Il fait beau, clair, chaud. Les contours des choses sont nets, tranchants, à portée de main.

Landmann suit quelques minutes des chemins étroits, bifurque plusieurs fois, ressent par moments en conduisant une douleur dans les bras. Puis, quand il a dépassé la bretelle d'autoroute et s'est engagé sur le vaste espace, il n'a plus à manœuvrer. Toujours tout droit. Des véhicules de couleur roulent, à différentes vitesses, sur trois voies larges. Tous dans la même direction.

Il a le sentiment qu'il n'y a pas de retour possible, mais c'est une fausse impression car sur sa gauche se trouve une autoroute à trois voies qui ramène à Wiesbaden. S'il prenait la prochaine sortie, il serait bientôt de retour. Si c'était encore celle d'après, ce serait d'autant plus long. Et ainsi de suite.

Le doute qu'il ressent n'a pas de raison d'être. Bien sûr que non. Il y réfléchit, ses pensées tournent en rond, en orbite tandis qu'il se rapproche, lentement. Une minute après l'autre, un kilomètre après l'autre. Puis les minutes s'estompent, les kilomètres s'effilochent. Tout devient plus arbitraire, plus malléable tandis que le soleil brille mollement dans le ciel. C'est une journée indolente. La fatigue qu'il ressent est différente de toutes celles qu'il a connues.

Mathématiques, pense-t-il. Il fut un temps où il avait découvert les mathématiques pour lui. Et auprès des collègues, il passait même pour un mathématicien, ce qui le flattait. Il était l'homme perspicace. L'analyste. Dans les crimes de la série *Tatort*, il a fini par personnifier consciemment cet homme, le clairvoyant. Il a commencé à jouer son propre rôle. À interpréter l'homme qu'il est réellement, avec une sorte d'exagération. C'était parfois fatigant mais cela a renforcé son aura, sa réputation, en a presque fait un mythe. A marqué la manière dont les autres le voient. Jusqu'à aujourd'hui et depuis sa retraite encore plus que lorsqu'il était en activité. Landmann. Commissaire général émérite en mathématiques.

Quand il arrive, des heures se sont écoulées. Le temps s'est dissous. A filé pour ne plus revenir. Il s'imagine quelques instants qu'il tient dans la main un dé, précisément le dé du temps qui passait pendant qu'il roulait jusqu'ici depuis Wiesbaden.

Puis un fragment de seconde, Barbara lui apparaît devant les yeux. Elle aussi se matérialise, devient une masse, prend forme. Elle est devant lui, grise sur fond noir. Ses contours, sa silhouette. Un semblant d'elle-même. Elle a dit un jour qu'il ne la connaissait pas. Qu'il n'avait aucune idée de ce qu'elle était réellement. Ça l'a surpris.

Il n'a rien dit, il a regardé, derrière elle, le ciel et puis le lac bleu foncé dans lequel elle aimait se baigner quand elle était enfant. Le soleil était éclatant. Presque comme s'il voulait l'éblouir.

L'hôtel est orange. Le logo de la chaîne trône au-dessus de la grande entrée. Il stationne la voiture dans la zone grise, sur une des places de parking réservées aux clients de l'hôtel. Il s'y sent quelques instants autorisé, une sensation agréable d'une certaine manière. Légitimé. Comme s'il était au bon endroit et en sécurité.

Il prend son sac dans le coffre, il ne pèse pas lourd quand il le lance sur son épaule. Il n'a pris que le strict nécessaire. Il ne se souvient même pas de ce qu'il y a dans le sac, de ce qu'il y a mis. Il est peut-être vide. Il a peut-être pris un sac et oublié ses affaires.

Les portes s'ouvrent comme par enchantement devant lui. Le bâtiment l'aspire, le hall est vaste, à l'ombre. Il y fait frais, c'est agréable, une fraîcheur estivale. Une fraîcheur qui raconte la chaleur qui sévit sous le soleil.

La jeune femme à la réception porte un uniforme. Orange. Elle sourit. Un peu comme le météorologiste.

— Bonjour, dit-elle.

Il la regarde. Cherche son regard.

— Landmann, dit-il. Il doit y avoir une réservation. J'ai appelé, ce matin.

— Oui, exactement, monsieur Landmann.

Il acquiesce. Elle regarde un écran, lui tend une carte blanche. Chambre 57, dit-elle. Cinquième étage. Les ascenseurs sont juste sur la gauche, là où se trouve aussi notre restaurant. Petit-déjeuner de six heures et demie à dix heures. Le wifi est gratuit.

Il hoche la tête. En fait, ça le dérange qu'elle réponde à toutes ses questions avant qu'il ait pu en poser une seule. Maintenant, les mots lui manquent. Il la remercie.

— Je vous en prie, dit-elle.

Il se dirige vers l'ascenseur, monte, est soulevé. Traverse le couloir du cinquième étage, effleure du regard le numéro des chambres. 51, 52, 53, 54.

Le couloir est couleur bordeaux. Bordeaux comme le vin qu'il a bu, avec Barbara. Chambre 57.

Un jour.

Dans un dé, qui était plein de temps.

BEN

Gare centrale de Berlin. Partout des gens qu'il ne connaît pas et pourtant il a l'impression qu'ils le reconnaissent. Ils le fixent, l'air souriant, l'air mauvais ou juste comme ça. Puis il aperçoit effectivement un visage connu. Maintenant, c'est lui qui fixe l'autre. Il n'arrive pas à le remettre. Le connaît sans le connaître.

Il comprend. C'est comme une illumination. Une illumination qui n'éclaire pas. Une voix qui ne trouve pas son visage.

— Monsieur Meininger, dit Ben.

L'homme se tourne vers lui. Le regarde en plissant le front.

— Je m'appelle Neven, dit Ben. Je suis policier, et j'enquête sur le cas de votre fils. Jusque-là, vous avez plutôt eu affaire à mon collègue, M. Sandner.

L'homme, Dirk Meininger, hoche la tête. Ne répond pas. *Sur le cas de votre fils*, pense Ben. Des images surgissent, des images de la nuit. Il est assis sur son lit d'hôtel. L'ordinateur fermé sur la table, la télévision muette. Au silence se mêlaient des paroles. Des paroles qui avaient été prononcées. Au cours de l'émission. Il a tout repassé, comme sur un magnétophone, mais très bas, comme un chuchotement.

— Oui, dit Dirk Meininger.

Ben lui tend la main. La main de Meininger dans la sienne est molle. Se retire, mais doucement, comme si

Meininger ne voulait pas lâcher prise. Ne plus jamais lâcher prise.

— Vous… vous aviez aussi à faire à Berlin ? demande Ben.

— Oui, dit Meininger. Oui.

Ben hoche la tête. Puis il comprend qu'il n'y aura pas d'autres paroles. Pas une seule. Le train entre en gare. Quelques instants, Ben pense que le bruit va tout emporter. Tout, tout simplement. Dès que le bruit aura cessé, ils se retrouveront tous les deux, dans un vide, lui et Dirk Meininger. Le vide est un espace blanc. Ou bleu, vert, jaune. Gris.

— Oui, dit soudain Meininger tandis que les portes s'ouvrent et que les premiers voyageurs montent. Je vais chercher…

Ben hoche la tête et Meininger a déjà parcouru quelques mètres. Pour chercher sa place. Qu'il ne peut pas trouver. Parce que les mots manquent. Parce qu'il n'en reste plus qu'un que l'on s'interdit de prononcer. Jannis.

HOLDNER

Une nouvelle journée. Une nouvelle matinée qui fait place à l'après-midi. Un nouvel après-midi qui passe. Frites et ketchup. Des gens sont assis dans leurs caravanes et font des grillades, des enfants sautent dans l'eau verte du lac.

S'il n'y prend pas garde, l'après-midi s'achèvera sans qu'il ait accompli ce sale boulot. Parce que ses pensées sont figées. Parce qu'il n'arrive pas à les activer. La chose est la suivante : il faut que ce putain de soleil de merde se couche enfin. Mais non, il ne se couche pas. Pas de sitôt.

Il se tourne vers la fenêtre. Vers le petit carré qui semble être collé sur le ciel parce que la façade claire de l'immeuble pâlit au soleil. Holdner s'imagine la scène : il pourrait prendre dans ses mains ce petit carré et avec lui tout l'espace qui se cache derrière, c'est-à-dire le deux-pièces de Marko, et il emporterait tout le paquet carré jusqu'au lac vert dans lequel se baignent des enfants du camping et il coulerait le petit appartement tout entier dans les profondeurs de cette eau.

Adieu pour toujours. Avec son seul occupant, Marko. Et surtout tout ce qui s'y trouve encore. Par cette belle journée d'été.

L'idée va et vient, s'estompe, pâlit, comme la façade de l'immeuble.

— On peut avoir de l'argent pour une glace ? crie Laura depuis l'aire de jeux.

— Bien sûr, crie Holdner.

Laura arrive en courant. Prend l'argent que lui tend Holdner. Un fragment de seconde, la peau de Laura contre sa main.

— Merci, dit-elle, et repart aussitôt.

Il les suit des yeux, Laura et Simona, les voit courir, bifurquer vers le lac, le kiosque. Une glace. Probablement un esquimau. Vanille, citron. Framboise. La glace préférée de Laura.

Holdner ferme les yeux. Sent d'autant plus fort le soleil sur son visage. Il sait qu'il doit aller faire un petit tour. Une virée dans la nature. Prendre des mesures préventives.

Il n'est pas allé depuis longtemps à cet endroit où la forêt s'ouvre comme si elle voulait se libérer d'elle-même, des broussailles. Là où la forêt met au jour un espace vide, une clairière inattendue, un moment de clarté, de lumière, rien que pour lui, Holdner.

Il est assis sur le lit blanc. Attend une impulsion. Des mots se fraient un chemin, des sons sourds qui résonnent en lui. Des mots qu'il a entendus, le matin. Il a peu parlé, plutôt écouté quand le policier a appelé. Le policier a dit son nom mais Landmann l'a oublié. Ce qui lui est rarement arrivé. Peut-être jamais. Il a une excellente mémoire. Notamment pour les noms.

— Monsieur Landmann ? a dit le policier au téléphone.

— Oui, a-t-il répondu. Nous avons exploité le portable de Mme Haller. Barbara Haller. Vous êtes bien le père ?

— Oui, a-t-il répondu.

A écouté le mot résonner.

Puis le policier l'a informé. Landmann a écouté. Des mots qui planent dans la pièce, trouvent leur place, une information se cristallise, une nouvelle.

Il n'a rien dit.

— Monsieur Landmann ?

— Oui.

À l'autre bout du fil, le policier a hésité.

— Oui, je comprends, a dit Landmann.

— Si c'est possible, nous voudrions bien, avec vous…

— C'est possible, a-t-il dit. Je me mets en route. Dans dix minutes.

Debout à la fenêtre, le téléphone dans la main, il s'est demandé pourquoi il avait dit ça. Pourquoi dix minutes. Pourquoi pas vingt ? Trente ? Quinze ? Cinq ?

Dix minutes, ce n'est pas beaucoup. Mais assez. Il n'a pas regardé l'heure mais en y repensant, s'il essaie d'estimer combien de temps il a vraiment mis, il pense que c'est moins. Il est resté un moment à la fenêtre. Puis après s'être détourné de la fenêtre, il a eu un sursaut qui lui a traversé le corps, il n'a sans doute pas mis plus de quelques minutes avant de monter en voiture. Il a juste fait son sac. A démarré, avec le sac sur le siège du passager. Sa dernière pensée s'est figée, le sac était rempli, de rien.

Maintenant, il se lève, va à la fenêtre. Une autre fenêtre, une autre heure de la journée. Le matin, il était à la fenêtre à Wiesbaden. Maintenant il est là. À la fenêtre de sa chambre d'hôtel qui est propre et fonctionnelle.

Un téléviseur à écran plat, une bouilloire, un minibar. Un paquet d'oursons gélifiés sur un oreiller blanc en guise de bienvenue. Un instant, l'idée lui passe par la tête de les apporter à Barbara. Les oursons gélifiés. Barbara les aimait bien. Dans un autre temps, un autre jour. Mais quand on a aimé les oursons gélifiés, on les aime toujours. S'il les apportait à Barbara et qu'elle pouvait les accepter, elle serait sûrement contente. Elle les trouverait bons.

Il contemple les oursons de toutes les couleurs, sur l'oreiller blanc. Les couleurs et le blanc, disparates. Il se détourne et se dirige vers la porte. L'ouvre, suit le couloir jusqu'à l'ascenseur, dans le hall, la jeune femme de la réception croise son regard. Il sort, va vers sa voiture. Ils ont exploité le portable de Barbara. Les policiers. Il essaie de se les imaginer. La scène. Exploiter un portable. Barbara a toujours collé son PIN au dos de son smartphone. Parce qu'elle est tête en l'air.

C'est comme ça qu'ils ont trouvé son numéro. Et sans doute aussi le dernier message qu'il a envoyé. Un message que sa destinataire n'a pas lu. Il l'a remarqué et ça l'a préoccupé. Une pensée qui allait et venait. Revenait et disparaissait.

Son dernier message était un pouce levé vers le haut. Après que Barbara lui avait écrit qu'elle y voyait plus clair maintenant. Qu'elle allait arrêter l'école de théâtre pour commencer quelque chose de nouveau. *Mais quoi ?* a-t-il demandé. J'ai plusieurs idées, a-t-elle répondu. À la suite de quoi il a envoyé le pouce levé vers le haut. Barbara trouvait ça drôle qu'il envoie des émojis. Dans son cercle d'amis, personne n'envoyait autant d'émojis que lui. Et pourtant ils étaient tous plus jeunes. Évidemment.

Pas de soleil et pas de fleur. Il aurait peut-être mieux fait d'envoyer un soleil. Une fleur. Un visage souriant.

BEN

Le train part à toute vitesse, transperce les secondes, balaie les minutes, incidemment, comme des graviers gênants. Ben étudie le dossier actualisé de l'affaire dans l'intranet, la connexion est mauvaise, mais suffisante. De temps en temps, l'idée l'effleure qu'un homme pour qui cette affaire est toute sa vie est assis à seulement quelques mètres de là, dans un wagon de ce train. Dirk Meininger. Il est peut-être sur le point d'aller boire un café dans la voiture-bar. Ou une eau fraîche.

Ben boit les deux, un café et une eau fraîche. Mange une portion de pâtes avec une sauce bolognaise. Une fois, quand le train s'arrête, il essaie de joindre Landmann mais il tombe sur sa messagerie. Il laisse un message tout en regardant par la fenêtre les voyageurs qui passent, pressés. Une voix annonce un retard important et l'absence de train suivant. Des gens se précipitent, passent. *À bientôt*, finit par dire Ben à Landmann absent, avant de laisser son portable retomber.

Il se penche de nouveau sur le dossier, lit qu'entretemps les témoignages concrets ont été démentis. Ni le garçon, Lars May, ni la dame d'un certain âge qui a prétendu avoir vu Jannis Meininger et l'inconnu dans les environs de l'école ne pouvaient identifier clairement un des hommes qui ont été sélectionnés parmi les témoignages. Bien sûr que non. Comment Lars May, confronté à une série de photos, pourrait-il reconnaître l'homme dont le regard l'a effleuré il y a plusieurs années ? Qu'il avait enregistré comme ours en peluche, un ours qui voulait lui offrir un tigre. Depuis, on dispose d'une liste de chaînes de magasins qui vendent des ours en peluche. En Allemagne, En Autriche. Il y en a beaucoup, rien qu'à Wiesbaden et les environs, plus de vingt.

Le train repart lentement. Prend de la vitesse. Puis file à toute allure, comme s'il s'enfuyait. Quand Ben lève les yeux de l'écran de son portable, il croise le regard de Dirk Meininger. Reconnaît pour la première fois immédiatement la ressemblance. Le père et le fils. C'est bien son fils, pense-t-il. Comme s'il y avait ainsi au moins un point d'éclairci, comme s'il avait avancé un peu. Il ne sait lequel détourne les yeux le premier, Meininger ou lui, mais quand il relève la tête, le couloir est vide, Dirk Meininger a disparu, comme Jannis.

JANNIS

Il est dans un entre-deux. Entre le soleil et l'ombre. Entre l'école et ce qui s'est passé après. Entre le jour et la nuit. L'école est grise, la pelouse verte, la table blanche, les gens sont clairs, le soleil est jaune.

La pièce dans laquelle il a apporté le bateau Playmobil est sombre. D'une fraîcheur plutôt agréable car il fait très chaud dehors. Il y a maman, Sarah et une femme avec qui parle maman. Sarah regarde les objets à vendre. Mâche un chewing-gum. Son sourire l'effleure puis il sort en courant. Dehors, dans la chaleur, la lumière. Il passe le long des tables, avec des couleurs partout. Tout est en couleurs. Le monde entier. L'ours en peluche est clair, presque blanc. Plus clair que tout le reste. Jannis est comme ébloui.

Il marche, prend l'ours, prend la main, réfléchit à ce qu'il va dire, comment il va leur dire à tous que c'est son ours, qu'il l'a gagné, qu'il l'a gagné parce qu'à un truc, il a été le meilleur, à une sorte de concours. Ses pensées s'égarent, il se dit alors qu'il ne devrait pas marcher comme ça, ici, qu'il s'éloigne des autres, des tables, de l'école de maman, de Sarah, puis c'est le noir complet.

Tout a disparu. Il a atterri dans un interstice, entre le soleil et l'ombre. Il est tombé ? Il s'est évanoui ? Il pense au sourire de Sarah qui l'a effleuré avant que tout aille si vite, l'ours en peluche, le soleil, l'obscurité. Le sourire de Sarah, c'est à ça qu'il pense. Ferme les yeux, les serre fort jusqu'à ce qu'il puisse le voir.

LANDMANN

Quand il arrive, il reconnaît tout de suite l'immeuble. La coloc est au premier étage. La dernière fois qu'il y est venu, Barbara habitait là avec trois étudiantes de l'école de théâtre. Ça fait combien de temps ?

Il se remémore les mois, remonte le temps. En début d'année, de la neige. Janvier. Mi-janvier. Ils étaient assis à la table de la cuisine et parlaient des projets de Barbara. Elle lui a raconté qu'en mai elle allait jouer dans une pièce du théâtre municipal. Il a envisagé de venir à la première. Il ne sait plus pourquoi il ne l'a pas fait.

Le lui a-t-elle rappelé ?

Il dépasse l'immeuble. Voit que la porte d'entrée est ouverte, voit des hommes qui ne peuvent être que des policiers. Deux sortent, un entre. Ils se saluent, échangent quelques mots.

Des mots, pense-t-il en se dirigeant vers le parking. Qu'est-ce que le policier a dit, le matin, au téléphone ?

— Barbara Haller est donc votre fille ?

— Oui, a-t-il répondu.

— Le nom de famille…

— Elle porte le nom de famille de sa mère. Nous n'étions pas mariés. Qu'est-ce que…

— Je dois vous annoncer une triste nouvelle, nous avons retrouvé votre fille morte. Dans son appartement.

Il n'a rien dit. Pas compris, alors que le message était clair.

— Sandgasse 15, a dit le policier, à l'autre bout du fil.

— Oui, a-t-il dit.

Exact, c'est là qu'elle habite, a-t-il pensé. Il a toujours trouvé le nom de la rue bizarre. Comme s'il y avait une plage dans le coin, mais c'est une rue en pleine ville. Il n'a rien dit, n'avait pas de mots.

— Nous ne savons pas encore ce qui s'est passé. Mais il n'y a pas de signes de décès imputable à un tiers.

Il a plissé les yeux. Décès imputable à un tiers ? Quoi ?

— À vrai dire, nous ne savons pas encore ce qui s'est passé. À quand remonte votre dernier contact avec Mme Haller ?

Il a réfléchi.

— Il y a environ une semaine, a-t-il dit.

— Vous vous êtes vus ?

— Non non. Nous nous sommes donné des nouvelles. Sur les portables.

— Je comprends.

Une semaine, a pensé Landmann. Depuis une semaine, il se demande pourquoi Barbara ne s'est pas connectée à internet. Pourquoi elle ne répond pas. Mais ça lui arrivait de temps en temps.

— Depuis quelques jours, j'ai essayé de joindre Barbara. Son portable était branché mais… oui… elle ne répondait pas.

— Le portable était branché à une prise, a dit le policier.

La phrase résonne. Le sens de la phrase suit. Si le portable était branché, il ne pouvait pas se décharger. Pourquoi le policier dit-il cela ? Quand… quand…

Quand…

— Je dois vous dire… que… votre fille est restée un certain temps dans l'appartement, dit le policier.

Une pensée surgit. Une pensée noire.

Landmann a attendu. Un mot, quel qu'il soit.

— Monsieur Landmann ? a dit le policier.

Maintenant, il descend et se demande s'il reconnaîtra l'homme avec qui il a parlé. Il avait une voix jeune mais ça ne veut rien dire.

Il se dirige vers l'immeuble qui devient de plus en plus grand à mesure qu'il approche. Un immeuble jaune, éclairé par un soleil éclatant. Il s'arrête devant. Hésitant. Perplexe. Incapable de faire un pas de plus. De vagues souvenirs émergent.

— Monsieur Landmann ?

Il se retourne. Voit un homme jeune. Reconnaît la voix.

— Oui, dit-il.

— Nous nous sommes parlé au téléphone. Jens Brunner.

Il serre sa main. Des secondes passent, il lâche la main.

— Est-ce que Barbara est…

— Elle est déjà à la médecine légale. L'autopsie aura

lieu demain. Une identification sur la base de photos dans l'appartement a été possible mais nous voudrions toutefois vous demander de…

— Naturellement, dit Landmann.

Naturellement. Naturellement. Il hoche la tête.

— Puis-je voir l'appartement ?

— Oui, bien sûr, dit le jeune policier.

Brunner. Jens. Maintenant il a le nom devant les yeux, pour ne plus jamais l'oublier.

Il avance. Passe devant. Le jeune policier le suit et Landmann plisse les yeux, soudain il est dans son élément, c'est lui qui dirige les enquêtes, il monte l'escalier quatre à quatre, entre dans l'appartement. Et l'instant se fige. Il s'immobilise, recule, reste sur le pas de la porte. Regarde les hommes qui se taisent, debout dans la pièce. Tous les yeux sont tournés vers lui.

— Voici monsieur Landmann, dit Jens Brunner qui l'a rejoint. Le père de la défunte.

En lui, quelque chose se brise.

Père de la défunte.

— Monsieur Landmann ?

C'est la voix de Brunner. Elle lui parvient de loin. Landmann plisse de nouveau les yeux, se concentre sur un nouveau point. Le couloir, à gauche derrière la chambre, à côté la deuxième, puis la troisième, à droite la salle de bains. Il rembobine les souvenirs, se voit assis dans la cuisine, à la table, avec un verre de vin. Il sent une main sous son bras. Une main qui le soutient, la main de Brunner.

— Ça va, dit-il. Merci.

Il avance. Une pensée est dans l'air, une question. Il va dans la cuisine, entend les pas de Brunner dans son dos.

Dans la cuisine, il s'arrête, contemple la table étroite. Sur le réfrigérateur sont collés des post-it de toutes les couleurs. Avec des notes gribouillées.

— Votre fille était seule dans l'appartement, dit Brunner. Nous avons pu joindre deux de ses colocataires qui sont ensemble en vacances. En Italie.

Landmann hoche la tête.

— Nous n'avons pas encore pu joindre la troisième, Mme Bahia, mais aux dires des deux autres, elle est dans sa famille en Tunisie.

— Oui, dit Landmann.

Léa Bahia. Elle est originaire de Tunisie. Les deux autres ? Lisa et Lara. L plus L plus L. Barbara s'en est amusée quand elle lui a parlé de ses actuelles colocataires. En janvier. Ils étaient assis à la table de la cuisine, buvaient du vin rouge, dehors, la neige tombait, blanche et floconneuse.

— Les deux que nous avons pu joindre veulent interrompre leurs vacances. Elles étaient… profondément choquées, dit Brunner.

Landmann le regarde. Il a des questions. Ou pas ? Il y a une question dans l'air. Non, pas dans l'air, par terre, couchée en travers.

— Où l'a-t-on… trouvée ?

— Ici, dans la cuisine, dit Brunner.

Silence. Brunner se tait et ses collègues, tous les deux dans les combinaisons blanches de la police scientifique, s'arrêtent.

Landmann hoche la tête. Plisse les yeux. Une fois de plus. Comme si cela l'aidait à mieux y voir, mais non, il ne peut pas. Il regarde autour de lui. Hésitant, sans vraiment vouloir. Soudain, il pense qu'il en a assez vu. Il ne veut plus rien voir.

— Est-ce que la dernière fois que vous avez parlé avec elle votre fille vous a dit quelque chose qui pourrait nous aider ? demande Brunner.

Les mots résonnent en lui. Il les compare avec ses propres mots. Il a posé la question ainsi. Un nombre incalculable de fois. Il était enquêteur. Il a interrogé des gens qui venaient de vivre quelque chose de terrible.

Qu'est-ce que…, pense-t-il.

Qu'est-ce… qui… s'est… passé ?

— Non, dit-il.

— Comme je l'ai dit, nous ne savons pas encore comment Mme Haller… votre fille… mais pouvez-vous nous dire si elle a déjà été suivie ? Par exemple pour une dépression ?

Non, pense-t-il. Mais il attend. À l'écoute en lui-même. Est-il sûr ? Qu'en sait-il au juste ?

— Non, pas que je sache. Absolument pas, elle était très gaie.

C'est vrai. Il retient l'idée, parce que c'est vrai. L'enregistre. Pour y revenir plus tard.

— Est-ce qu'il y a…

— Non, dit Brunner.

Il comprend mes questions avant que je les pose. Comme la femme de la réception de l'hôtel.

— Non, nous n'avons rien trouvé. Pas de lettre d'adieu, dit Brunner. Il est possible que ce soit un accident. C'est pour le moment notre option la plus vraisemblable.

Option, pense Landmann. Pas de lettre d'adieu.

— La concentration en monoxyde de carbone était légèrement supérieure au moment de la découverte du corps. Cependant, les techniciens n'ont pas constaté d'anomalie dans la chaudière à gaz.

De la découverte du corps, pense Landmann. *Moment.* Les mots s'imprègnent, derrière son front.

— Je dois avouer que je ne m'y connais pas très bien en la matière, je m'en remets donc à l'expertise des techniciens, dit Brunner. L'autopsie est prévue pour demain matin.

Autopsie. Prévue. Énigme, pense-t-il. Il est celui qui résout les énigmes. Landmann, l'homme perspicace, le mathématicien. Mais… et si…

Une angoisse se fait jour, pas encore perceptible. S'il n'élucidait jamais cette affaire. Justement celle-ci. La seule.

— J'étais aussi policier, murmure-t-il.

HOLDNER

L'après-midi. La terre va bientôt se mettre à fondre. Le ciel bleu à ployer, le soleil éblouissant à tendre les bras, à écraser tout simplement cette planète. Alors plus rien n'aura d'importance.

Il a cette image tordue dans son cerveau, inachevée. En tout cas, c'est une journée merdique, putain de chaleur. Barboter dans l'eau, dans de l'eau fraîche, c'est ça qu'il aimerait, Holdner, mais il a autre chose à faire.

Il est assis dans sa voiture écrasée de chaleur et ratisse les environs. Le vaste espace, l'étroit chemin qui mène directement vers les arbres bien droits, à la lisière de la forêt. La forêt qui va l'engloutir, le mâcher et le recracher. S'il part maintenant, en direction des arbres, dans la forêt.

Il se demande d'où viennent ces images. Des fantasmes décuplés, une overdose. Hystérique ? A-t-il perdu le contrôle ? Il devrait y réfléchir tranquillement. Considérer tranquillement qu'il est hystérique, que la peur s'est emparée de lui, ne le lâchera plus. Comme on dit.

Ou alors ? Il rit. Le rire est aussi une forme d'hystérie. On rit pour conjurer la peur. On rit ou on se tait ou on reste planté là, en hochant la tête, comme Marko, cet idiot.

Il a regardé fixement les policiers en hochant la tête, comme s'il était fêlé. Ce qu'il est aussi, bien sûr. Où est Marko ? Au supermarché. Holdner ne lui a encore rien dit. Il l'informera de ses plans plus tard. Quand le moment sera venu. Pour le moment, il n'a pas besoin à ses côtés d'un crétin qui pose des questions idiotes.

Marko est au supermarché, entasse ses caisses de boissons. C'est bien comme ça.

Il a donné à boire et à manger au garçon qui était à moitié réveillé. Sonné. Il n'a pas vraiment réalisé. Holdner n'a pas parlé, il portait son masque. Tout de suite après, il est allé dans son bureau et a effacé sur la caméra de surveillance la prise qui le montre en train d'entrer dans l'appartement de Marko. Il gère. Tout, le moindre de ses pas.

La prochaine étape, c'est la forêt. Une route presque rectiligne, il va la prendre, la suivre pas à pas, rouler doucement. Il descend, regarde encore une fois autour de lui. Un vaste espace et pas âme qui vive. Il monte dans la voiture, démarre. Les arbres se rapprochent, sans bruit, silencieux, ses alliés. Quand il pénètre dans leur ombre, il a soudain une bonne impression, différente. Il ne va pas être englouti pour être recraché ensuite, non, il se fond avec les ombres qui l'accueillent. Il s'enfonce dans l'obscurité, il sait ce qui l'attend au bout du chemin. Il le sait, le voit devant ses yeux, quelques secondes avant d'arriver, et il pense qu'il y a trop longtemps qu'il n'est pas venu ici.

La clairière.

C'est comme de la magie. Une prairie magique. Quelque chose qui ne peut pas être là, et qui pourtant est là. Son espace, une clairière, plus claire que l'autre espace, celui d'où il est parti. Cela fait des décennies qu'il a découvert cet endroit par hasard, à l'époque il se promenait à vélo, seul, quand ses idées se sont mises à l'oppresser, il a eu la sensation qu'il fallait qu'il sorte, qu'il parte. Et il a trouvé cette clairière, baignée de soleil, éclatante de clarté, dans une forêt obscure, à une petite heure de tout, une forêt qu'il semble être le seul à connaître.

Il descend, reste un moment immobile, contemple l'espace, ferme les yeux, les ouvre. Puis il retourne à l'arrière de la voiture, ouvre le coffre, prend la pelle et pense qu'il va transpirer. Transpirer énormément.

Et curieusement, cette idée est agréable, beaucoup plus agréable qu'il ne l'avait pensé, qu'il ne l'avait craint.

LANDMANN

Ils roulent sur une route large. Il est assis à la place du passager. Brunner ne dit rien. Puis il bifurque sur un grand parking. Landmann regarde le bâtiment plat qu'il identifie tout de suite bien qu'il n'y soit jamais venu. Il voit que c'est le bâtiment de la médecine légale.

Il suit Brunner vers l'entrée. Brunner téléphone, il entend des bribes de dialogue. *Oui, sommes là. Non. Oui. Demain matin, c'est déjà… oui… bien. À tout de suite.*

Puis ils traversent un couloir, à l'ombre, frais. Brunner s'arrête devant une porte pivotante. Landmann comprend quelque chose mais ça n'a plus d'importance. Trop tard. Trop tard pour faire demi-tour.

Où pourrait-il aller, d'ici ?

Brunner lance un coup d'œil à Landmann avant d'ouvrir la porte. Landmann le suit. Une femme vient au-devant d'eux. D'âge moyen, petite, le regard franc. Il lui tend la main. Elle lui présente ses condoléances.

— Merci, dit-il.

Une idée vague lui traverse l'esprit, que c'est bien ainsi. C'est bien que ce soit une femme qui pratique l'autopsie de Barbara. Si toutefois c'est bien cette jeune femme de la médecine légale qui la pratiquera.

Puis son regard dérape. Se déplace dans un autre champ. C'est la sensation qu'il a. Il devrait être à la place de Brunner. Il connaît l'expression du visage de Brunner, il l'a sentie, sur son propre visage, quand, à la médecine légale, il était à côté des gens. Compatissant, empathique. Il n'a jamais pu se défaire de cette sensation.

Maintenant, c'est Brunner qui est à côté de lui. Et lui, Landmann, qui est à la mauvaise place. Au mauvais moment. Dans la mauvaise ville.

La légiste soulève un drap. Il se perd. Se ressaisit, pour quelques instants, s'approche, fixe son point de mire. Ouvre les yeux.

Non, pense-t-il.

Puis il se perd à nouveau.

Se fond, ne fait plus qu'un avec l'espace vide vers lequel il tend les deux mains, en tombant.

CHRISTIAN

L'après-midi, les plongeurs se mettent à l'eau. Ils s'éloignent dans le petit bateau, silencieux, concentrés. Christian est sur la rive du lac qui est plus grand que dans son souvenir. Il est venu là plusieurs fois, ça fait longtemps. Jamais avec Nathalie. Ils ont découvert le lac, ses camarades d'école et lui, dans la nouvelle ville, Wiesbaden, après la mort de Nathalie.

Une réserve naturelle, en fait, la baignade est interdite mais il s'est baigné quand même, avec ses amis, quand ils ont emménagé ici. Son père avait pris un poste à Wiesbaden. Maintenant il s'en souvient. Il a même sauté d'un petit pont qui est relativement haut au-dessus de l'eau, de l'autre côté, il peut le voir, il voit aussi que, à ce moment précis, des enfants sont en équilibre, prêts à plonger. Ils n'ont pas remarqué qu'ici, à l'autre extrémité du lac, a lieu une intervention policière, d'autant que le barrage de la police est loin de les concerner.

Deux mondes, pense Christian. Dans l'un, des enfants plongent en riant dans l'eau, dans l'autre, des plongeurs recherchent un enfant mort.

Il se souvient, se souvient des mois et des années après la mort de Nathalie. Il est venu là avec des amis. Il a plongé. Il se souvient. Parfois, pas toujours, mais parfois, au moment de plonger, il pensait à Nathalie, il pensait qu'elle aussi, elle avait plongé, dans un autre monde qu'il ne connaît pas. Plongé pour ne pas revenir.

Puis il est revenu à la surface, ses amis ont commenté son plongeon. Note : de bien à très bien. Des conversations drôles, des journées oisives, de l'eau fraîche, plus tard, manger une glace.

— De l'autre côté, il y a des enfants qui se baignent ? demande Malvi qui s'est approché de Christian sans qu'il l'entende venir.

— Oui.

— Mais c'est interdit ici. Comment se fait-il que le périmètre de sécurité n'ait pas été étendu à tout le site ?

Christian ne répond pas. Il cherche des yeux les plongeurs qui ont disparu sous la surface de l'eau. Une image s'intercale devant ses yeux, il s'imagine que les plongeurs trouvent quelque chose. Ils tiennent à deux un corps au-dessus de l'eau, délicatement, ce n'est pas Jannis, c'est Nathalie. Telle qu'elle est dans son souvenir. Une silhouette, une ébauche. Les plongeurs ne disent rien. Ils soulèvent Nathalie et la déposent dans le bateau. Christian voudrait courir jusqu'à eux, mais il ne peut pas bouger.

— Bon, dit Malvi.

L'image disparaît. Malvi, pense-t-il.

Malvi.

Cinq.

Il se tourne vers Malvi. Suit son regard.

Un des plongeurs a émergé. Il secoue la tête pour signaler que jusque-là, il n'a rien trouvé. Pas d'enfant, pas de garçon, personne.

LANDMANN

Il est allongé sur le sol. Lève les yeux, aperçoit la médecin légiste qui lui tend un verre. Un verre d'eau. Ou de vodka ? Une fois, Barbara est rentrée à la maison complètement saoule, en pleine nuit, il s'était inquiété.

— Vodka, a-t-elle dit, quand il lui a demandé ce qu'elle avait bu.

Quel âge avait-elle ? Ce jour-là ? Dix-sept ans, pense-t-il. Dix-sept ou seize.

Il se redresse. Croise le regard de Brunner. Brunner est assis en tailleur.

— Ça va ? demande-t-il.

Landmann hoche la tête, boit une gorgée d'eau. Une eau au goût limpide. Tellement limpide que l'espace de quelques instants, il est certain qu'il va comprendre. Tout. Tout voir clairement. Mais l'instant passe et lorsqu'il boit encore une gorgée d'eau, ce n'est plus que de l'eau.

Un peu plus tard, ils sont assis dans le bureau de Brunner. Les rayons du soleil traversent les stores vénitiens. Landmann ne se souvient pas comment ils sont arrivés là.

— Monsieur Landmann, je voudrais vous poser encore quelques questions sur Mme Haller, dit Brunner.

Landmann le regarde.

— Barbara, dit-il.

— Oui. Barbara.

Landmann hoche la tête.

— La mère de Barbara, Élise, est morte peu après sa naissance. Est-ce exact ?

Landmann hoche la tête.

— Il y a vingt-six ans, dit-il.

— Ensuite Barbara a vécu chez vous.

Après *a* vient *b* vient *c* vient *d*.

— Oui, dit Landmann.

Vient *e* vient *f*.

— Vous avez pu ? Vous, en tant que policier…

— Oui, j'ai pu, dit Landmann. Tout le reste n'est que cliché.

Cliché, pense-t-il.

— J'ai eu une compagne par périodes. Mais nous nous en sommes très bien tirés, je pense.

Par périodes. Une compagne. Aucun de ces mots ne lui ressemble, normalement il s'exprime autrement. Moins guindé. C'est un étranger qui parle par sa bouche. Il se demande si Brunner s'en aperçoit. S'il peut le voir, si Brunner est un bon policier. Un policier qui pourrait être capable de résoudre cette affaire. Mais quelle affaire ?

Qu'est-ce… qui… s'est… passé ?

Un souvenir émerge. Élise. L'instant où il a appris sa mort, quelques jours après la naissance. Une complication rare. Ce jour-là, les jours suivants. Le jour où il porte Barbara jusqu'à la voiture et rentre à la maison, sous les yeux des infirmières.

Les années suivantes. Enfouies. Il sait seulement qu'un jour il a été heureux. Heureux parce que Barbara vivait. La mort d'Élise. La vie de Barbara. *X* égale *y*. Le jour où Barbara a appris à sourire, lui a appris à pleurer.

Il travaille avec acharnement. Comme toujours. Il ne fait pas les choses à moitié. Pas de compromis. C'est tout ou rien. Il enfonce la pelle dans la terre sèche.

Avec le sentiment que c'est une tâche impossible à mener à bien, par ces temps de sécheresse, de chaleur, avec cet été qui semble hors normes. Mais ce sentiment ne fait que le stimuler davantage.

Il s'exhorte, s'encourage. Gémit, crie. Mais pas fort, il capte le cri, l'isole, s'assure qu'il ne sort pas de la clairière, comme lui, rien qu'eux deux, seuls, lui et le cri.

Il finit par se relever, sort du trou, debout sur le bord, il regarde le fond. Il veut creuser à une profondeur d'un mètre quatre-vingts. Tout doit être conforme. Il lève les yeux, les laisse errer, déambuler sur les herbes, les chemins arides, jusqu'aux grands arbres verts, qui sont silencieux.

Des grillons chantent. Fort. Bizarre qu'il ne l'ait jamais remarqué. Des grillons ou des insectes de ce genre. Maintenant, toute sa perception se concentre là-dessus tandis qu'il laisse son regard errer sur la grande surface sèche de terre. Puis il contemple de nouveau le trou, se demande comment il a pu creuser si profond. Il transpire à peine, il a plutôt froid. La sueur a dû sécher, et provoque maintenant la sensation inverse de celle à laquelle on s'attend.

Tout est différent de ce à quoi on s'attend, il n'aime pas ça. Il aime quand les choses suivent leur cours bien réglé, dans le cadre de ses désirs et des choses telles qu'il se les représente. Surtout ne pas tomber malade, pense-t-il. Pas de grippe estivale ou ce genre de saletés.

Il saute, retourne dans le trou. Il croit, l'espace d'un instant, qu'il s'est foulé la cheville, qu'il ne pourra plus ressortir du trou. Mais tout va bien. Il se détend les jambes, se masse brièvement les mollets, puis reprend la pelle et se remet au travail.

SARAH

Le soir, papa rentre à la maison, maman est assise sur le canapé puis elle s'en va, sans dire bonsoir.

Elle va à l'arrêt de bus. Le bus arrive quelques minutes plus tard. Elle monte, s'assied dans les dernières rangées et remarque en passant qu'elle n'a pas sa carte de transport. Elle l'a laissée dans son sac à dos. Elle est sûre tout d'un coup qu'il va y avoir un contrôle, ce qui se produit rarement, toutes les trois ou quatre semaines.

Elle se renverse en arrière. À l'avant, il y a Lukas, un garçon qui est dans une autre classe. Lui lance-t-il un bref regard ? Se détourne-t-il ? Quelques minutes passent, puis monte le contrôleur. Elle ne peut pas s'empêcher de sourire. Puis une pensée s'impose, immédiate. Qu'elle le savait. Si elle sait cela, elle doit pouvoir aussi savoir d'autres choses. Alors elle doit savoir où est Jannis. Il faut juste qu'elle fasse un effort, qu'elle réfléchisse enfin. L'homme porte une sorte d'uniforme et un appareil avec lequel il scanne les tickets. Il est maintenant près d'elle. Ne dit rien. Elle attend.

— Votre titre de transport ? dit-il.

— Je n'en ai pas besoin, dit-elle.

Il sourit. Un sourire qui n'est ni gentil ni pas gentil. Elle se demande comment il fait. En tout cas, il y arrive.

— Votre titre de transport, s'il vous plaît, reprend-il.

Ni gentil, ni pas gentil. Plutôt triste, et le sourire triste ne dure pas. Pour la première fois, elle se demande comment vit cet homme. Ce qu'il fait quand il ne contrôle pas les tickets dans ce bus. Sans doute contrôler les tickets. Dans d'autres bus.

— Mon frère a disparu. Kidnappé. Peut-être mort. Je n'ai pas besoin de ticket, dit-elle.

Il reste planté là. Apparemment toujours égal à lui-même, mais elle voit le changement qui s'opère en lui. Un moment passe. Elle croise le regard du garçon de l'autre classe, Lukas. Le garçon détourne les yeux. L'homme reste muet. Elle se dit qu'il n'a jamais entendu une chose pareille. Des excuses, il a dû en entendre. Des explications, surtout de la part de jeunes pour qui une amende représente beaucoup d'argent. De toute façon, cet argent, Sarah ne l'aurait pas. Défaut de titre de transport, ça s'appelle comme ça. C'était ce qu'avait dit l'homme quand une de ses amies, Mia, avait voyagé sans billet. Et ça avait coûté soixante euros. Mia avait-elle une excuse ? Sarah ne sait plus très bien, ça fait un moment, Jannis était encore là ce jour-là, et c'était tôt le matin, ils étaient sur le chemin de l'école.

— Eh bien…, dit l'homme.

— Ça ne doit pas vous faire de peine, dit Sarah. Vous ne connaissez pas mon frère.

L'homme reste immobile. En lui, ça cogite. Le bus s'arrête. Des gens montent. Sarah perçoit des murmures, sans comprendre les mots, c'est comme si des gens parlaient une langue étrangère. Le contrôleur se détourne, sans un mot. Il s'arrête un bref instant, en lui tournant le dos, puis il continue dans l'allée étroite, s'éloigne d'elle. S'adresse à deux femmes qui viennent de monter. Contrôle leurs titres de transport. Par moments, mine de rien, Lukas, jette des coups d'œil. Il essaie peut-être de comprendre ce qui s'est passé, entre elle et le contrôleur.

Sarah regarde par la fenêtre, la ville défile, les faubourgs, puis le centre-ville. Terminus. Le contrôleur descend. Lukas descend. Le conducteur se roule tranquillement une cigarette puis descend, elle est la dernière à descendre.

BEN

Le soir, il passe par chez Landmann et trouve la maison vide. La voiture de Landmann n'est pas là.

Ben reste longtemps à l'entrée, contemple le lac lisse et bleu. Essaie de joindre Landmann par téléphone mais il tombe de nouveau sur la messagerie. Il laisse un message. Ajoute que les recherches dans un lac à proximité de l'école n'ont rien donné. Attend. Puis il raccroche, laisse retomber son portable et fait le tour de la maison. Curieusement, cela ne s'est jamais produit. Quand il passait à l'improviste, Landmann était toujours là. Normalement, à cette heure-ci, le soir, il est là. Ben va jusqu'à la terrasse, regarde derrière les vitres bien qu'il soit évident que Landmann ne peut pas être là puisqu'il n'y a pas sa voiture. Sur la table du salon, il y a une tasse à côté d'un journal ouvert. Est-il parti dès ce matin ? Sans rapporter la tasse dans la cuisine. Il rappelle Landmann, raccroche. S'assied sur une des chaises de jardin, avec vue sur le lac.

Quelques instants, l'idée le traverse qu'ils pourraient aussi trouver Jannis ici, dans ce lac. Le plus beau lac que Ben connaisse. Le lac de Landmann. Même si bien sûr, ce n'est pas le lac de Landmann, il jouxte simplement son terrain. C'est là qu'il y a quelques années Marlène a appris à nager. Ils ne sont pas venus souvent ensemble chez Landmann mais cet été-là, il y a quelques années, peu après que Landmann a pris sa retraite, ils y sont venus plusieurs fois. Landmann a expliqué à Marlène le mouvement des jambes. Marlène préférait la nage libre, au vrai sens du mot.

Ben se renverse en arrière. Il va rester encore un moment assis là. À attendre, bien qu'il sente que Landmann ne viendra pas.

LANDMANN

Dans la nuit, il se réveille en pensant que ce n'est pas bien de dormir. Pas le moment. Il se redresse, aussitôt tout à fait réveillé. Il a noté le numéro dans ses contacts, en fin de journée avant de repartir en taxi à l'hôtel. Brunner voulait le raccompagner, mais il a refusé.

Il tape les chiffres, attend. La voix au bout du fil est basse et un peu enrouée.

— Oui, allô ?

— Landmann à l'appareil. Je suis désolé de vous déranger à cette heure. C'est à propos de Barbara.

Brunner ne dit rien.

— J'ai oublié de vous poser aujourd'hui une série de questions. J'ai besoin de quelques réponses.

— Allez-y, dit Brunner.

— Dans quelles circonstances a-t-on retrouvé ma fille ? Qui a prévenu la police ?

Brunner se tait. Hésite.

— Un voisin a remarqué une drôle d'odeur, dit-il enfin.

Les mots retombent, s'enclenchent.

— Oui, dit Landmann. Je me demande tout le temps…

Il s'arrête. Il ne sait pas ce qu'il se demande. Qu'est-ce qui, qu'est-ce qui, qu'est-ce qui.

QU'EST-CE... QUI... S'EST... PASSÉ.

— Je comprends, dit Brunner.

Landmann se demande si Brunner comprend vraiment. Peut-être.

— Je comprends que vous considériez diverses directions. Et je regrette de ne pas être en mesure de vous dire pour le moment ce qui s'est exactement... dit Brunner.

QU'EST-CE... QUI... S'EST... PASSÉ ?

— Nous n'en sommes qu'au début, dit Brunner.

Début. Fin.

— Qu'est-ce qu'on a trouvé dans la cuisine ? Dans la salle de bains ? Des médicaments ? De l'alcool ?

Landmann s'arrête. Rien n'est vrai, pense-t-il. Rien de tout ça.

— Quelque chose... un simple mot.

— Non. Comme je vous l'ai dit, pas de lettre d'adieu... si vous cherchez dans cette direction...

— Oui, justement.

— J'espère que demain, l'autopsie nous éclairera un peu plus.

Éclairer.

— Vous savez si votre fille consommait de la drogue ?

Silence. Avant l'aube. Entre la nuit et le jour.

— Oui, dit Landmann.

— Oui ?

— Oui, je le sais. Elle ne prenait pas de drogues.

— Vous avez l'air bien sûr.

— Oui, je le suis.

Enfin quelque chose qu'il peut dire avec certitude. Il a besoin de plus de certitudes.

— Oui, elle déteste les drogues. Elle est une sorte de militante anti-drogue. Tout le monde le savait, ses amies aussi. Sur ce point elle est très... je ne sais pas vraiment pourquoi. Je ne l'ai jamais influencée dans cette direction, c'était comme ça.

— C'est juste une possibilité, dit Brunner. C'est souvent un mauvais usage des drogues qui est à l'origine de ce genre de situation. Mais naturellement l'autopsie nous éclairera sur ce point.

Naturellement. Il réalise maintenant que les mots ne veulent rien dire. Qu'ils sont caducs. Maintenant il le comprend. Il aime bien Brunner. Intuitivement. Il croit en lui. C'est un bon enquêteur. Il a du flair pour ce genre de choses, il a formé assez longtemps des enquêteurs. Leur a dit comment ça se passe.

Ce qu'est la vérité.

Et comment cette vérité peut se frayer un chemin vers la lumière.

Il s'imagine les policiers qui ont été les premiers sur place. Des policiers en uniforme, qui voulaient voir ce qu'il en était après que les voisins avaient donné l'alarme. Les policiers sont entrés dans l'appartement. Puis ils se sont arrêtés, surpris, à la porte de la cuisine.

Landmann ne sait pas pourquoi mais il s'imagine qu'il s'agissait d'un homme et d'une femme. Une policière et un policier. Ils ne s'attendaient pas à ça, ni l'un ni l'autre. S'attendaient plutôt à tomber sur le cadavre d'un animal. Puis il s'était avéré que les filles de la coloc étaient en voyage. Toutes. Au bord de la mer. Avec des sacs à dos. Parties camper sur la plage.

À l'arrière-plan, il y a un gérant d'immeuble qui a ouvert la porte. *Que se passe-t-il ?* demande-t-il. Laissez-nous, s'il vous plaît, dit la policière. *Mais pourquoi ?* demande le gérant de l'immeuble. Nous allons revenir vers vous, dit la policière. Restez à disposition. Son collègue a déjà prévenu la police scientifique. Lieu de la découverte. Lieu potentiel du crime. La scène d'un tragique accident ? Le gérant se retire. Ceux de la police scientifique se mettent en route. Sur le sol, dans la cuisine, est allongé un être humain. Barbara.

Landmann ouvre les yeux. Il est dans sa chambre d'hôtel. Sur le lit. Blanc le lit. Le téléphone à la main. À l'autre bout du fil, Brunner se tait. Barbara est à la fenêtre. Lui tourne le dos. Il voit sa silhouette. Son ombre. Elle va bientôt sortir de l'ombre, venir vers lui. En riant.

— Monsieur Landmann ? demande Brunner.

— Elle aimait rire, dit Landmann avant de raccrocher.

BEN

Seul à la maison. Svéa a laissé un message. Elle a dû partir à la dernière minute pour un vol long-courrier, Los Angeles. Marlène dort chez une copine. Elle a envoyé deux messages, des émojis, a dit que la copine avait un toboggan aquatique et qu'elles n'allaient pas dormir de la nuit. Il a répondu par un visage souriant et un pouce vers le haut.

Il a essayé en vain de joindre Landmann. A raccroché dès que la messagerie s'est déclenchée. S'est endormi sur le canapé pour se réveiller au milieu de la nuit. Il sait immédiatement qu'il ne faut pas compter se rendormir.

Il met quelques secondes à réaliser qu'il ne s'est pas simplement réveillé mais qu'un appel l'a réveillé. Il attrape son smartphone, essaie d'y voir clair. Svéa, pense-t-il. Ou Landmann ? Marlène ?

C'est Sarah Meininger. Il attend la fin de la mélodie. Des secondes passent avant que s'annonce le message. Il se lève, descend, dans son bureau.

Allume son ordinateur, branche la clé USB, fait défiler les photos, laisse venir le désir, stoppe toute pensée.

Plus tard, à l'aube, il entend le message de Sarah. *Hello, Sarah Meininger à l'appareil. Je voulais savoir s'il y avait du nouveau. Je suis allée en ville mais je n'ai pas trouvé Jannis. C'est la première fois que je voyageais sans ticket. Je vais réessayer demain. Pas de voyager sans ticket mais d'appeler.*

CHRISTIAN

Quand il arrive, Nadine n'est pas là. Il reste un moment dans la voiture, regarde les taxis qui prennent ou libèrent des clients, les abandonnant à la nuit. Deux femmes d'un certain âge se dirigent avec des valises à roulettes vers l'hôtel près du bâtiment de la gare dont la façade se détache sur le ciel sombre.

La place à côté de l'horodateur est vide. Il n'y a personne. Durant quelques instants, l'idée le traverse que ce serait le moment de le faire sauter et de le piller.

Naturellement c'est une idée idiote, le site est sous surveillance vidéo. La police ne mettrait que quelques minutes à intervenir, il se ferait prendre. Alors il sortirait sa plaque et prétendrait qu'il voulait simplement récupérer un ensemble de preuves. Ou quelque chose de ce genre. Peut-être même qu'il réussirait à s'enfuir, mais pas pour longtemps car les photos de la caméra ne tarderaient pas à le confondre. Sauf si elles étaient aussi floues et inutilisables que celles du parking, celles de Jannis et de l'inconnu. Qui a détourné le visage, au bon ou plutôt au mauvais moment.

Christian balaie l'endroit des yeux. Un parcmètre, entouré de vide. Il laisse son regard errer jusqu'au fast-food, regarde par les fenêtres éclairées. Des silhouettes diverses mais pas celle de Nadine. Elle n'est pas là, il le sait.

Il n'a pas besoin de descendre de voiture et de s'en assurer, mais il descend quand même, entre dans le restaurant, regarde les visages las qui se lèvent et se rabaissent. L'odeur de hamburgers et de frites. Du sel, du ketchup. Il a soif soudain mais il fait demi-tour et part.

Marche maintenant plus vite, retourne à la voiture, démarre. Elle n'est pas là, pense-t-il. Au début, quand elle surgit, ce n'était qu'une idée, mais maintenant, elle commence à prendre forme, à se concrétiser.

Il accélère, espère que cette idée va rester derrière lui, qu'il va s'en éloigner un mètre après l'autre. Parce qu'elle est liée au lieu, parce qu'elle va demeurer là, dans cet espace vide près de l'horodateur, à l'endroit où Nadine était la dernière fois.

HOLDNER

Il est assis devant sa caravane, il fait lourd, mais ce n'est plus aussi étouffant que dans la journée. Il fait nuit, tout est sombre, tous dorment. Le carré derrière lequel se cache l'appartement de Marko est noir.

Soudain, Holdner voit devant ses yeux un immense espace s'ouvrir derrière le carré noir, un château avec de vastes couloirs, de grandes salles et un système de tunnels souterrains et ramifiés que Marko est le seul à connaître, Marko qui est en réalité un roi, il porte un sceptre et une couronne, et sourit d'un air entendu. Tout ça est naturellement absurde. Apparemment, Holdner a trop travaillé, trop et trop durement, dans la clairière, la prairie magique, dans la forêt oubliée.

Le soir, il a guetté Marko à son retour du magasin. Lui a dépeint en quelques phrases la suite des événements. Pas en détail, mais de sorte que Marko puisse comprendre sans être dépassé.

Holdner ferme les yeux. Il sent que le jour se lève. Laura dort chez sa copine Simona, les parents ont un appartement dans l'immeuble. Au cinquième, juste sous le carré de la fenêtre de Marko. Là aussi, tout est plongé dans l'obscurité. Bientôt, les filles pourront recommencer à dormir chez lui. Dans la caravane.

Quand l'affaire sera réglée, que tout sera rentré dans l'ordre, la vie et tout ce qu'il s'est construit au cours des années. Il ne laissera pas un type comme Marko venir tout détruire.

Il pense au garçon. Jannis. Il a retenu le nom qui repasse en boucle aux infos. Il n'a jamais compris cette putain d'homosexualité. Absolument pas. Quand Marko lui a fait comprendre qu'il préférait les garçons, ça aurait dû lui mettre la puce à l'oreille. Mais au fond, ça aussi, c'était OK, pour Holdner. Le partage des tâches en quelque sorte.

Du désir monte en lui, il l'étouffe en se levant et en marchant. Autour de la caravane. Une fois, deux fois, trois fois. Il marmonne quelque chose. Ne sait plus ce qu'il a marmonné. S'assied, ouvre le journal à sensation de la veille, avec une tache de bière sur la troisième page. Regarde le gros titre, sans lire.

Ce qu'il ne doit pas oublier : faire absolument une sieste aujourd'hui, il doit être en forme et lucide dès que la nuit viendra.

NADINE

Elle attend longtemps avant d'approcher. Lentement, un pas après l'autre. S'il l'avait vue, elle serait peut-être simplement sortie, aurait fait comme si c'était juste une farce. Elle voulait juste se cacher et voir comment il réagissait. Il fut un temps où elle aimait ça, jouer à cache-cache mais depuis, d'autres choses sont survenues.

Elle l'a observé, cachée dans un coin au premier étage du bâtiment de la gare d'où l'on voit très bien la station de taxis et l'horodateur. Tout en le regardant la chercher, elle l'a étudié. Chacun de ses mouvements.

Il est resté dans la voiture, quelques minutes, puis il est descendu, est allé jusqu'au restaurant, le regard fixe, elle a pensé que ce regard pouvait être effectivement celui d'un policier.

Bizarre qu'il se dise policier. Tout est bizarre. Tout. Sauf l'histoire qu'il lui raconte. De sa copine d'école, Nathalie. L'histoire est la seule chose qu'elle croie vraiment. Et ça aussi, c'est bizarre. Que pour la première fois depuis longtemps, elle croie quelque chose. C'est bizarre et c'est bien mais c'est loin de suffire.

Quand elle est vraiment sûre, elle retourne s'asseoir. La nuit fait déjà place au matin. Elle va devoir se chercher une autre place. Bientôt il fera jour, bientôt, elle pourra dormir.

SEPT

Nouveau, nouveau, nouveau
prise optimale
parfaite agilité
contrôle dynamique

LANDMANN

Il ne dort plus. Regarde le temps passer. Des chiffres vert clair sur fond noir, sur le réveil sous le téléviseur.

Vers sept heures, au moment où il songe à aller prendre son petit-déjeuner, il se rendort. Le sommeil l'assomme, comme un coup de marteau. C'est plus de l'inconscience que du sommeil. Il entend la voix de Barbara. Elle parle avec lui. Doucement, calmement, distinctement. Des mots qui expliquent tout. Déjà en rêve, il sent qu'il les comprend mais ne peut les retenir. Il ne pourra maîtriser la langue que parle Barbara, une langue nouvelle, différente, que tant que dure le rêve. C'est pourquoi il voudrait le retenir, parfaitement conscient que ce n'est qu'un rêve qui ne peut rivaliser avec la réalité. Parfaitement conscient que le salut n'est pensable que dans la réalité, dans la vie vécue. Si tant est qu'il le soit. La seule alternative serait de continuer à rêver. Un rêve sans fin.

Quand il ouvre les yeux, il réalise qu'il est réveillé depuis longtemps.

SARAH

Quand elle ferme les yeux, elle sent qu'elle va enfin pouvoir dormir. Elle est dans son lit, dans sa chambre. Le policier, Ben Neven, n'a pas rappelé, mais il est encore tôt. Très tôt.

LEDERER

À travers les fenêtres du grand bureau le soleil perce, encore frais, comme s'il apportait une petite brise dans la pièce mais il va faire chaud, Lederer le sait. Les prévisions météorologiques annoncent 38 °C, il appelle le service météo qui prévoit même 39 à midi.

Quelques instants, les chiffres s'enclenchent. 38 et 39. La différence entre les deux est minime. Cette idée l'a préoccupé dans la nuit, l'a maintenu éveillé. L'idée que la ligne de démarcation entre l'énigme et la solution est infime. Concernant l'affaire. Jannis. Dawit. C'est une affaire, une enquête qui l'affecte particulièrement. Il s'est demandé pourquoi.

Il n'a pas d'enfants. Vit seul. Alors qu'il aimerait en fait que ça change, mais il ne sait pas comment. En tout cas pas pour le moment. Désormais les relations semblent se nouer essentiellement sur les sites ou les applications. Mais ce n'est pas son truc. Loin de là.

Ça le touche, même s'il n'a pas d'enfants. Ou pour cette raison ? Il l'ignore. Quand il est avec des enfants, par exemple avec les filles de sa sœur, il a le cœur qui fond. C'est vraiment cette sensation qu'il a. Puis un mot se cristallise, un mot étrange certes, mais c'est celui auquel il pense toujours en voyant les enfants de sa sœur jouer dans le jardin. Innocence.

Il garde les yeux fixés sur l'écran de son PC qui est sorti du mode veille, le fichier *Jannis* est encore ouvert. Lederer est venu exprès de bonne heure parce qu'hier soir tard il ne pouvait plus tout mettre à jour. Il était trop fatigué. Et puis une idée s'était insinuée qu'il voulait chasser mais il n'y arrivait pas, pas complètement. L'idée que tout ça n'avait pas de sens. Qu'ils ne retrouveraient pas Jannis. Ni Dawit.

Et après ? se demande Lederer. Qu'est-ce que ça signifie, exactement, quand l'innocence est assassinée ?

LANDMANN

Il va prendre son petit-déjeuner. S'assied à une table à la fenêtre, avec vue sur la salle. Une jeune femme apporte le café. Il se verse une tasse, boit.

Dehors, une matinée ensoleillée. L'été du siècle. Il voit des visages qu'il connaît. Vaguement, déjà vus, quelque part. Sent un pincement dans sa poitrine, une douleur derrière son front. Les deux jeunes femmes se dirigent vers lui, d'un pas rapide. Résolues comme si elles avaient un but.

— Monsieur Landmann, dit l'une des deux.

Elles sont là, devant lui. Indécises soudain. Perplexes. Le but était manifestement de le trouver. Mais maintenant qu'elles l'ont atteint, quel est le prochain ?

— Nous avons demandé où vous étiez. Le policier nous a donné le nom de l'hôtel.

Landmann hoche la tête. Lisa et Lara. L plus L. Deux des colocataires de Barbara. Elles sont rentrées prématurément de leurs vacances. En Italie.

— Nous… Nous ne pouvons pas le croire, dit l'une des deux.

Landmann essaie de les distinguer. Curieusement, elles se ressemblent. Lisa, pense-t-il. C'était Lisa.

Il ne dit rien. A par moments le sentiment de devoir les consoler. Le réflexe d'essayer de les raisonner, de les calmer. Il ne dit rien.

— Quand nous sommes parties, tout allait bien, dit Lara. Barbara était en forme. Elle a même hésité à venir avec nous, mais elle était un peu fauchée.

Oui, pense Landmann. Une fois, au cours des dernières semaines, elle l'avait appelé. À propos d'argent. Il lui a dit qu'il allait falloir qu'elle apprenne à se débrouiller avec ce qu'elle avait. Qu'elle apprenne à faire des économies. Il a vraiment dit ça. Vraiment ? Il secoue la tête pour chasser cette idée.

— Mais en fait, elle ne voulait pas venir avec nous. Elle voulait s'inscrire pour suivre des cours, pour devenir prof, et faire de la recherche.

— Quand avez-vous eu de ses nouvelles pour la dernière fois ? demande Landmann.

Ce n'est qu'une fois la question posée qu'il réalise combien elle l'a préoccupé.

— Ça fait environ une semaine, dit Lisa. Nous lui avons envoyé des photos de vacances et elle a répondu.

— Je peux voir ? demande Landmann.

Maintenant, pense-t-il. Maintenant, je vais pouvoir mieux comprendre.

— Oui bien sûr, un instant, dit Lisa en sortant son portable de la poche de son short.

Elle tape, fait défiler, s'arrête.

— Voilà, dit-elle. C'était le dernier message.

Dernier message, pense Landmann.

Il regarde l'écran. Plisse les yeux. Les ouvre grands. Se concentre.

Barbara a envoyé un pouce levé. Pour signaler qu'elle aimait les photos de Lisa. Des photos d'Italie. 16 h 35. Il y a une semaine. Le soir du jour où Landmann lui a écrit son dernier message. Un pouce.

Il y a d'autres photos. Lisa en a envoyé plusieurs, quelques jours plus tard. Lisa et Lara, elles rient, à la plage.

Mais cette fois sans joindre leur destinataire. Il rend le portable à Lisa. Le dépose dans sa main ouverte.

— Merci, dit-il.

Ils sont tous les trois debout, face à face. Landmann voudrait s'asseoir. Se reposer.

— Asseyez-vous, dit-il.

Elles restent debout, hésitent. Échangent des regards.

Elles sont tellement tristes, pense Landmann. Elles aimaient bien Barbara. Évidemment. Qui aurait pu ne pas aimer Barbara ?

— Vous saviez…, dit Lisa.

Lara hoche la tête.

— Oui ? demande Landmann.

Il la regarde. Il se passe quelque chose. Une porte s'ouvre, il est devant. Dès qu'il va entrer dans la pièce, les murs vont disparaître.

— Nous ne savons pas si c'est important mais il y a plusieurs mois Barbara a eu des problèmes… des angoisses. Elle est allée consulter deux ou trois fois.

— Elle a dit que sa tête éclatait, ajoute Lara.

Des problèmes, pense Landmann. Le dé. Le temps.

— Nous y avons repensé, en rentrant. Dans le train. La nuit dernière. Nous ne savons pas si ça peut être important.

Landmann hoche la tête. Hoche la tête, encore et encore.

— Vous saviez…

— Non, dit-il. Non, je…

Non. Non.

— Non, elle ne m'a rien dit, dit-il.

Elle aime rire. Aime rire. Aime rire. Adore être joyeuse. Il sent une douleur derrière son front. Un sourire sur son visage. Un sourire étranger.

— Le policier nous avait posé des questions en ce sens, mais ce n'est que pendant le voyage que nous avons repensé à ces rendez-vous de Barbara. Et puis elle a arrêté, elle a dit que tout était rentré dans l'ordre.

C'est Lisa qui parle. Et Lara hoche la tête.

— Oui, dit Landmann.

— On voulait vous le dire, dit Lisa. Au cas où ce serait important.

— Oui, dit-il. Merci.

— Oui, eh bien… nous devons… y aller.

— Oui, bien sûr. À bientôt. Et merci, dit Landmann.

Sa tête va éclater. Maintenant. À ce moment précis.

— Quand…, demande-t-il alors qu'elles ont déjà fait demi-tour, c'était quand exactement ?

Elles se retournent vers lui.

— Quand est-ce que Barbara a consulté ? demande-t-il.

— Au printemps. Il y a deux ou trois mois, dit Lisa.

— Bien, merci.

Les pensées se bousculent dans son cerveau. Soudain, tout s'accélère. Tout est différent.

— La médecin… enfin, cette…, dit Lara.

— Psychothérapeute, dit Landmann.

— Oui, exactement, elle s'appelle Vogel. Dr Vogel. Steinstraße. J'y ai conduit Barbara une fois en voiture.

— Ah oui, merci.

Elles hochent la tête, sourient. Profondément tristes.

— Merci, à bientôt, dit Landmann.

Puis elles s'en vont. Deux femmes, toutes les deux de l'âge de Barbara, de même stature, elles traversent la salle du petit-déjeuner baignée de lumière. Landmann les suit des yeux.

Un jour, il y a longtemps, Barbara a dit qu'il avait la faculté de tout arranger. Et que c'était bien.

Il s'est tu. A souri. Il était content que sa fille dise une chose pareille.

Quelque chose de gentil, d'intelligent, de bête.

BEN

Le matin, il essaie de joindre Sarah Meininger. Après la troisième sonnerie, il raccroche, soulagé, en espérant ne pas l'avoir réveillée avec cet appel idiot.

Non, elle dort, il en est soudain persuadé. Elle dort, dort, dort, et lui, il a encore un peu de temps pour élucider l'affaire. Trouver Jannis avant que Sarah se réveille.

Quand il arrive, Lederer est déjà là. Marmonne un bonjour.

— À midi, les plongeurs vont aller voir de l'autre côté du lac, dit-il.

Ben hoche la tête.

— Les collègues autrichiens ont identifié le propriétaire du stand. Celui qui a vendu au printemps l'ours en peluche, à la fête foraine à Innsbruck.

Ben lève les yeux.

— Et alors ?

— Ils ont envoyé un rapport de l'interrogatoire. L'homme a du mal à comprendre ce que vous attendez de lui.

Ben hoche la tête.

— Ils étaient deux à tenir le stand, lui et sa femme. Ils

ne peuvent pas se rappeler qui a emporté ces immenses peluches. On pouvait les gagner ou les acquérir. Les peluches étaient les lots d'une loterie ou simplement à vendre.

Gagner ou acquérir, pense Ben.

— Et le jour de la disparition de Dawit, il y en a eu, en tout, sept en moins.

— OK.

— Ça ne nous avance pas.

Ben ne dit rien.

— Le collègue d'Innsbruck a ajouté à la fin quelque chose qui m'a surpris.

— Oui ?

— Il s'est excusé. Il a dit qu'ils n'avaient pas fait du bon boulot, qu'ils avaient mal enquêté, dans les semaines qui ont suivi la disparition de Dawit.

Les semaines qui ont suivi la disparition de Dawit, pense Ben. Cela fait combien de temps ? Dans le cas de Jannis. Bientôt une semaine ? Pardon, pense-t-il. Pardon, pardon, pardon. Puis il pense à Svéa. Qui va bientôt être de retour, de L.A. Mais ça va encore durer un peu, le vol à lui seul dure toute une journée. Quand décolle-t-elle ? Il ne sait pas.

Il pense à Marlène. Aux vacances. Des nuits blanches, des journées endormies. Elle s'amuse, elle est insouciante, d'humeur joyeuse, confiante.

CHRISTIAN

Vers midi, les plongeurs se mettent à l'eau. Effet miroir. Tout est nouveau, tout est pareil. Plongeurs, eau, lac. L'autre rive, où hier les enfants plongeaient du pont dans l'eau.

L'accès au pont est barré, l'étroite bande de la plage de sable barrée. De l'autre côté, assez loin, il y a quelques individus, comme les petits bonshommes que les enfants dessinent. Ils tendent la tête, veulent voir ce qui se passe, veulent comprendre.

Christian voudrait bien, lui aussi. Mais il n'essaie même pas. L'idée de Nadine a pris des proportions démesurées, au point que son cerveau ne peut plus la contenir. C'est pourquoi il se concentre sur ce qu'il voit. Sur ce qui est vraiment là. Le bateau des plongeurs, par exemple, et les plongeurs eux-mêmes. Le premier plonge, le deuxième, le troisième.

— Si j'enlève un garçon, l'emmène, dans la forêt, dans les taillis. Et si là, je pète un plomb, tue le garçon pour faire comme si rien ne s'était produit, pour que tout continue comme avant… je jetterais son corps ici, dans ce lac, dit Malvi qui s'est approché, comme hier.

Tout est nouveau, tout est pareil. Christian se tourne vers Malvi, cherche son regard mais Malvi observe le lac. Christian contemple le visage de Malvi. Il voit ce qu'il n'y a jamais vu. Des doutes ? De la peine ? De la mélancolie ? Il ne saurait dire précisément.

— C'est possible, dit Christian.

Son regard se tourne vers le pont. Hier, des enfants plongeaient dans l'eau. Où sont-ils maintenant ? Sont-ils quelque part, dans le coin, à observer, curieux, ce qui se passe, sur leur plage, leur lac ?

Il se dirige vers le pont. Monte les marches, s'arrête sur la plateforme, c'est exactement comme autrefois, son dernier plongeon, le dernier dont il se souvienne. Ce pourrait être hier.

Il regarde Malvi qui, en contrebas, près de l'eau, observe les plongeurs. Il n'a pas remarqué que Christian était monté sur le pont, ou bien il n'y attache pas d'importance. Malvi se concentre sur la surface de l'eau. Espère-t-il qu'elle cache un enfant mort ? Juste pour avoir une réponse ?

C'est ça, pense Christian, c'est ça qui était différent, autrefois. Ce qui déjà, à l'époque, le distinguait des autres. La fine ligne de démarcation. C'est peut-être pour ça qu'il n'a jamais eu de meilleur ami. Pour ça qu'ici, près de ce beau lac, il s'est toujours senti étranger, sans vouloir penser cette chose-là jusqu'au bout, sans pouvoir se l'avouer.

Quand les autres plongeaient, quand ils fermaient les yeux et entraient dans l'eau, alors il y avait pour eux des réponses, bien droites, implicites, divisant le ciel. C'était la différence. Les autres avaient des réponses. Lui n'avait qu'une question.

LANDMANN

À midi, il reste sur le balcon de sa chambre d'hôtel. Dans l'attente d'un appel. Tout en sachant que cet appel ne peut arriver que plus tard. Au plus tôt l'après-midi. Il contemple la piscine. L'eau étincelle sous le soleil. Des enfants sautent du bord, se lancent un ballon rouge, rient.

Il reçoit l'appel à seize heures quatorze. Machinalement il enregistre l'heure. Il sait déjà ce que Brunner va dire, ce qu'il va répondre.

— Je voulais vous tenir au courant, dit Brunner – Landmann attend – l'autopsie a donné un premier résultat, dit-il.

Résultat. Premier.

Il y a les indices d'une prise de médicaments. Une sorte de…

— Cocktail, dit Landmann.

Un bourdonnement. Derrière son front, derrière ses yeux. Brunner s'arrête de parler, quelques secondes.

— Oui, pas de prise de drogue mais à première vue…

— Suicide, dit Landmann.

Une vieille dame fait des longueurs. Lentement, avec une patience d'ange.

— Ceci dit, on n'a rien trouvé dans l'appartement, dit Brunner. Elle a peut-être pris les médicaments avant, ailleurs.

Dans un café ? pense Landmann. Peut-être dans celui où nous allions parfois ensemble ? Barbara ? Nous ? Boire du vin rouge ?

— Oui, dit Landmann.

Il se souvient de la peur, la peur naissante, la veille. Quand il est arrivé. Quand il s'est retrouvé dans l'appartement. Avec le doute de ne jamais pouvoir résoudre l'affaire.

— Je vous tiendrai au courant dès que nous aurons le compte rendu détaillé. Mais je voulais d'abord vous faire un premier retour.

— Oui, je vous remercie, dit Landmann.

Brunner, pense-t-il. Il est bien. Bon policier. Est-il facile d'amener les mathématiques à leur propre limite ?

Barbara rit.

Ta tête éclate ? Barbara ?

Barbara, elle est assise à la table de la cuisine. Il y a quelques mois. En hiver. Bien, dit-elle quand il lui demande comment elle va. Une équation se résout toujours à condition que le nombre de variables ne sorte pas de son cadre étroit.

Une variable est le nom donné à un espace vide
dans une expression logique ou mathématique.
Le terme vient de l'adjectif latin *variabilis* (variable).
On parle également de substituant.
Dans les manuels scolaires jusque dans les années 1960,
on appelait aussi la variable d'une équation une inconnue
ou une indéfinie.

HOLDNER

Holdner savoure la chaleur. Parce qu'elle est juste insupportable. Il a sur les lèvres un rire qui ne vient pas. Comme un orgasme qu'il réussit à différer. Il n'est pas un mauvais homme, il est bon. Il a compris des choses que les autres ne voient pas. Par exemple la nature de l'homme.

Pour l'instant, il suffit qu'il anticipe ce que Marko va faire. Comment il va réagir quand il va le mettre en scène. Il l'a vu rentrer, a attendu qu'il disparaisse dans l'immeuble, et encore quelques minutes.

Maintenant, il longe le couloir ombragé, sa sueur sèche tandis qu'il marche, frappe.

Au bout d'un moment, Marko ouvre.

— Oui ? demande-t-il.

Holdner se glisse à l'intérieur de l'appartement, s'arrête dans l'étroit couloir.

— Tu as fini pour aujourd'hui au supermarché ?

— Euh… oui.

— Bon. Nous avons un rendez-vous ce soir.

Marko ouvre de grands yeux.

— Plus exactement cette nuit.

— OK.

— Comment ça se passe avec le garçon ?

— Oui… je sais pas.

— Qu'est-ce que ça veut dire, je sais pas ?

— J'ai jeté un coup d'œil dans la salle de bains, il est réveillé.

Holdner attend.

— Réveillé mais il ne fait pas de bruit, il est sonné. Je lui ai redonné quelque chose. Pour qu'il reste tranquille.

Holdner hoche la tête. Il pense à l'espace clair dans la forêt, l'immense clairière, l'endroit secret de la lumière. Il est tellement content d'avoir tout préparé, que ce cauchemar ici s'achève. Avant la fin de la nuit, avant le lever du jour.

— Tiens-toi prêt, dit Holdner avant de partir.

BEN

Le soir dans la salle de réunion, une lumière couleur bordeaux filtre par la fenêtre entrouverte. Ben pense un instant à quelque chose dont ils ont parlé aux infos, une éclipse, de Lune ou de Soleil, non, de Lune. Quelque chose de particulier. Est-ce aujourd'hui ? La lumière rouge est-elle un signe précurseur de ce qui va se passer ?

Quand Malvi entre, tous sont assis à leur place, Lederer commence à faire le point et en l'écoutant Ben réalise que Lederer a perdu la foi. N'est pas convaincu.

Christian, qui est assis à côté de lui, lui jette un bref coup d'œil. Ben sourit un instant pour signaler à Christian que tout va bien, pour le mieux. Pourquoi en fait ? Rien ne va. Si Lederer perd la foi… il continue d'écouter, cherche le regard de Lederer.

Ce n'est pas possible, pense-t-il.

Lederer est fatigué. Christian réalise alors, pour la première fois, combien ce collègue est important, Mark Lederer, dont il ne sait rien, absolument rien. Sauf qu'il représente quelque chose, la certitude qu'une enquête trouve la voie à suivre. Lederer est celui qui a la boussole, qui tient la lampe dans l'obscurité. Lederer n'y croit plus. Ne croit plus qu'ils vont retrouver Jannis. Dawit.

Ben se lève, part.

— Ben ?

C'est la voix de Malvi, dans son dos, Ben est déjà à la porte, il l'ouvre, marmonne une excuse. Continue, dans le couloir, jusqu'aux toilettes. Il s'appuie sur un des trois lavabos d'un blanc immaculé, tombe sur son visage dans le miroir, baisse les yeux.

LANDMANN

Le soir s'approche doucement. Et puis arrive. Landmann va dans la salle de bains, se lave les mains, s'asperge le visage. La fraîcheur soudaine de l'eau sur ses joues lui donne la chair de poule, qui se propage le long des bras, et se perd.

Quand il revient dans la chambre, il voit Barbara. Elle est dehors, sur le balcon. Lui tourne le dos. Regarde l'eau de la piscine. Elle se retourne, le voit. Leurs regards se croisent, séparés juste par la vitre.

— Belle piscine ! s'exclame Landmann.

Barbara acquiesce. Elle aime les piscines dans les hôtels. Elle aimait bien faire des longueurs, calmement, patiemment.

— On va dîner ? demande Landmann.

Barbara hoche la tête. Il enfile sa veste. Attrape la carte de la chambre tandis que Barbara revient du balcon. Maintenant elle n'est plus qu'une esquisse, une ébauche. Et puis plus rien qu'un élément dont s'empare son imagination. Ils prennent l'ascenseur, descendent.

L'un à côté de l'autre, ils traversent le hall, entrent dans la grande salle à manger. Musique feutrée. Un brouhaha de voix. Sur le côté, une table est dressée pour deux personnes, Landmann se dirige vers la table.

La table se rapproche, grandit et Barbara se dissipe, l'image qu'il a d'elle se dissipe, comme un fondu enchaîné de deux images. Une avec elle, une sans elle. Quand il s'assied à la table, elle n'est plus là, mais il commande quand même deux verres de vin.

MARKO

Marko est assis dans le séjour à côté de son portable posé sur la table. Il se tient prêt. Comme l'a exigé Holdner. Il a tout à fait conscience que la situation est grave. Il se trouve de nouveau à un moment où une seule chose compte. Ce que dit Holdner. Il le sait et ça le calme un peu, ça simplifiera les choses. Mais il est mal à l'aise, une sensation désagréable. Il a des images dans la tête, comme des pressentiments. La forêt, la clairière. Holdner, cramoisi, lui criant après. C'était il y a combien de temps ?

Puis vient le coup de téléphone. Comme ça. Le portable vibre, pas de numéro identifiable, c'est Holdner. Il décroche.

— Mets le garçon dans la valise, dit Holdner.

Marko ne répond pas. Il a le vertige. La pièce s'est vraiment mise à tourner, peut-être parce qu'il est resté trop longtemps assis, à fixer son portable, il avait peur de bouger.

— Compris ? demande Holdner.

Marko ne répond pas.

— Le garçon dans la valise, OK ? dit Holdner.

Comment il le sait ? pense Marko. Qu'il a transporté le garçon dans une valise.

Mais Holdner sait tout. Tout ce qu'il veut.

— Oui, OK, dit-il.

— Bien. Ensuite, tu descends. Dans le parking. Le garçon doit dormir. Tu comprends.

— Oui, dit Marko.

— C'est bien, dit Holdner.

— Oui, OK, dit Marko.

Il se lève, se laisse retomber sur sa chaise parce que la pièce autour de lui tourne encore. Comme dans un film, un film dont Holdner dirait que c'est un mauvais film.

— Dans vingt minutes, au parking, dit Holdner avant de raccrocher.

LANDMANN

Vers vingt-trois heures, il retourne dans sa chambre. Il n'a pas mangé, seulement bu. Pris dans un brouillard, il avance en tâtonnant, titubant. Ouvre la porte du balcon, sort, un petit vent tiède l'enveloppe.

Il s'assied sur une chaise blanche. Il s'aperçoit alors qu'il y a un cendrier blanc sur la table. Avec un peu de cendre dedans. Presque comme si Barbara était vraiment passée, avant. Il ne fume pas. Barbara fume. Elle est contre tout ce qui est mauvais pour la santé, excepté la nicotine. Non qu'elle aime la nicotine, mais elle n'a jamais pu s'en défaire.

Barbara ici, sur le balcon. C'est absurde, illusoire, dans le meilleur des cas, hallucinatoire, il n'y croit plus. Maintenant il fait nuit noire mais encore chaud. Dans le vertige de sa légère ivresse, il a pris conscience qu'il devait contacter des gens, parler avec eux, les mettre au courant. La mère de Barbara est morte depuis longtemps, mais il y a des proches. Le frère d'Élise. Des cousines de Barbara. Des amies, de l'époque de l'école. Des gens qui l'aimaient bien. À qui elle va manquer. Il lève les yeux et voit la lune. Au firmament, très haut. Une lune orange.

Son portable vibre. Barbara, pense-t-il, l'espace d'une seconde. Il va dans la chambre, prend le téléphone et lit le nom du correspondant, Ben. Il attend. Puis, lorsque le temps de pause entre les sonneries semble traîner en longueur, il finit par répondre.

— Ben ?

Il pense que Ben a déjà raccroché, laisse retomber son portable.

— Allô ? Ludwig ?

La voix est basse et caverneuse. Comme venue d'un autre monde, d'un ailleurs. Il remet son portable à son oreille.

— Ben, dit-il.

— Ah je suis content de t'entendre ! Tu es… en voyage ?

— Ben…

Ben attend, silencieux.

— … tu connais Barbara, dit Landmann.

Ben attend, inquiet.

— Oui, bien sûr, ta fille.

— Elle est morte, dit Landmann.

Ben attend.

— Je suis là où elle vivait ces derniers temps. Je vais y rester un moment.

Il n'entend plus Ben. Ben retient son souffle.

— Je vais devoir y rester un moment, dit Landmann. Je ne vais pas pouvoir… vous aider pour le moment… pour les garçons.

Maintenant il entend Ben reprendre sa respiration, par à-coups.

— Qu'est-ce qui… s'est passé ?

Landmann s'arrête. N'arrive pas à prononcer les mots. Ne les a pas encore choisis. C'est encore indicible.

— Plus tard, dit-il. Je t'appelle, OK ?

— Oui, dit Ben.

Landmann raccroche, repose le portable sur la table, ressort sur le balcon.

Il observe le ciel, pense à la nouvelle qu'il a vaguement entendue aux infos, la présentatrice l'a lue, un astronome a expliqué pourquoi cette éclipse de Lune, celle d'aujourd'hui, était particulièrement rare, à ne pas rater.

En bas, dans le jardin de l'hôtel, près de la piscine, il y a des gens. Landmann les entend parler doucement, s'exclamer, chuchoter. À propos de la lune qui n'est pas comme d'habitude aujourd'hui, qui est différente de tous les autres jours.

HOLDNER

Il roule, ni vite ni lentement. Il fait nuit, il gère la nuit, il a la situation en main. Il a repris le contrôle de la situation. Maintenant, enfin. Avant, il se sentait sur la ligne de crête, constamment, mais maintenant l'affaire est classée, il a compris. Les choses vont parfois dans un sens, parfois dans un autre. L'important, c'est que la route soit droite. À côté de lui, Marko est silencieux ou endormi, peu importe. Du moment qu'il la ferme.

Quand ils arrivent, les souvenirs l'assaillent soudain. C'était ici, dans la journée, le soir, mais maintenant, pour la première fois depuis un certain temps c'est de nouveau la nuit. Assez tard pour même se jouer de l'été, l'obscurité est quasi noire.

Il arrête la voiture, éteint le moteur, reste assis au milieu du silence. Contemple les arbres qui se balancent vaguement au vent. Il y a une centaine de mètres jusqu'à la lisière de la forêt, puis une ligne droite, sur un chemin étroit jusqu'à la clairière. L'endroit clair qui est maintenant plongé dans l'obscurité.

— Ici ? dit Marko.

Pendant quelques instants, il a presque oublié que Marko était là, assis à côté de lui.

Il ne répond pas.

— Qu'est-ce qu'on fait là ? demande Marko.

À question idiote, réponse idiote, pense Holdner. Mais il n'a pas envie de répondre. Pas la force. Pas le temps. Il tourne la clé de contact, brusquement, démarre, en faisant vrombir le moteur. Marko, à côté de lui, crie. Se l'imagine-t-il ? Non, Marko crie vraiment, et lui, Holdner, il a beaucoup moins le contrôle qu'il croyait. Il prenait son désir pour une réalité. Il accélère, se dirige vers la forêt, les arbres, pense que ce serait drôle de s'écraser contre un tronc d'arbre, simplement comme ça. Il appuie à fond sur l'accélérateur.

Non, le contrôle, ce n'est pas ça. Ils ne s'écrasent pas, Marko ne crie plus. Ils s'enfoncent sous les arbres, on dirait qu'ils esquivent, qu'ils se fondent dans les fourrés, Holdner ralentit jusqu'à ce qu'ils soient presque arrêtés. Presque. Avance au pas. Un mètre après l'autre, sur le chemin étroit qui mène à la clairière. On ne peut pas le croire, qu'elle est là, entourée d'arbres mais c'est vrai.

Holdner devine la clairière, peu avant qu'elle ne s'ouvre, elle s'ouvre comme un espace bleu foncé qui n'a pas de fin, continuer toujours, pense Holdner, toujours plus loin, maintenant, demain, après-demain et ainsi de suite, là où il n'est ni commencement ni fin.

CHRISTIAN

Il voit Nadine déjà de loin, et il la voit s'éloigner. Elle court. Il descend, la suit en courant, dépasse l'horodateur, le fast-food. Elle a disparu. Il ratisse les rues. Un rond-point, pas trop de circulation, maintenant, à la nuit tombante, mais il y a encore trop de rues, de croisements, de feux, de taxis, quelques saoulards qui lui bouchent la vue.

Et puis soudain il la voit. Elle est debout, arrêtée à une trentaine de mètres, de l'autre côté d'une voie piétonne. Il se dirige vers elle. S'imagine qu'elle va se retourner et partir en courant mais non. Elle attend qu'il soit près d'elle.

— Tu es arrivé un peu plus tôt, dit-elle.

— Oui ?

— Oui. Il est tard mais la dernière fois, il était plus tard.

— Et tu voulais… tu ne voulais pas me voir ?

— Non, je ne voulais pas.

— Pourquoi ? Pourquoi tu t'es sauvée ?

Elle ne répond pas. Il tremble, ses jambes tremblent, ses bras aussi, il ne comprend pas pourquoi. Il fait très lourd.

— Tu trembles, dit-elle.

— Oui. Bizarre. Je n'ai plus l'habitude de courir. Visiblement.

— J'aurais cru que toi, un policier, tu courais beaucoup. Derrière n'importe quel voleur.

Il rit, l'espace d'un instant, c'est libérateur.

— C'est plutôt rare.

Elle hoche la tête.

— Tu veux qu'on aille boire quelque chose ? Ou manger un hamburger, des frites ?

— Peut-être, dit-elle.

— Bon.

Il part devant, espère qu'elle le suivra. Elle le suit.

HOLDNER

Puis vient le moment auquel il ne s'attendait pas. Marko refuse de descendre.

— Qu'est-ce qui te prend ? demande Holdner, debout devant le coffre ouvert.

— Non, dit Marko. Non, non, non.

— Allez, maintenant, viens, dit Holdner.

Marko ne répond pas.

Holdner va jusqu'à la portière du passager, l'ouvre d'un coup.

— Descends !

— Non, dit Marko.

— Qu'est-ce que tu as ?

— Rien.

— Qu'est-ce que ça veut dire, rien ?

Silence. Holdner attend. D'être délivré, pense-t-il. Voilà ce qu'il attend. Il n'a pas mérité ça, pas mérité de devoir mettre de l'ordre dans le désordre de Marko. Marko se tourne vers lui, cherche son regard. Le regarde comme ferait un chien, un chien bien dressé qui tente de se révolter. A tenté.

— Tu viens ? demande Holdner. Allez viens. S'il te plaît.

Est-ce bien lui, cette voix qui chuchote ?

Marko descend de voiture, il a une question implicite sur les lèvres, à laquelle Holdner répond sans parler.

CHRISTIAN

Ils se retrouvent assis au restaurant. Comme la première fois. Nadine a choisi un hamburger et des frites, avec de la limonade. Christian un café.

— Qu'est-ce qui se passe ? demande-t-il au bout d'un long silence.

— Rien d'important, dit-elle.

— Tu peux…

— Continue à raconter, dit-elle.

Il se renverse sur sa chaise. Elle attend.

— On en était où ? demande-t-il et elle le surprend. Elle le sait exactement, elle sait même le dernier mot qu'il a prononcé, la nuit, il y a quelques jours, la phrase qu'il n'a pas achevée parce qu'il était fatigué.

— Oui, dit-il, et il se met à raconter.

Les mots trouvent leur chemin, se cristallisent, c'est comme si d'abord des lettres se formaient, puis les mots, puis les phrases et avec elles le sens. Le sens des mots du moins, pas encore leur compréhension qui pourrait donner un sens à ce qui s'est passé autrefois. Autrefois, pense-t-il. En réalité, pas une seule seconde ne s'est écoulée, malgré toutes celles qui le séparent du soir où Nathalie s'est endormie, et de cet instant qu'il partage avec Nadine. Peut partager. Il lui raconte sa rencontre avec les parents de Nathalie qu'il connaissait à peine et n'a jamais rencontrés par la suite. De ces instants où ils ont pu partager leur chagrin. Mais juste quelques instants. Puis il se tait et elle dit :

— Au fait, tu as une carte ?

Il lève les yeux.

— Une carte que tu montres quand tu parles avec des suspects ?

Il rit. Se demande pourquoi elle demande ça tout d'un coup.

— Oui, j'en ai une, bien sûr.

— Montre-la-moi.

— Hum.

— Allez, allez, dit-elle. Presse-toi.

Il sourit, attrape son sac, en sort son portefeuille, cherche sa carte de police, normalement dans une pochette amovible… bizarre… il sort tout, pose tout sur la table mais il ne la voit pas… ah si, là… il sursaute. L'espace d'un instant, il pense qu'il est arrivé quelque chose. Une explosion.

Non, c'est une chaise qui vient de tomber par terre avec fracas. La chaise sur laquelle était assise Nadine. Appuyée sur le dossier, détendue. Elle est partie. En courant. Il rassemble ses affaires, met le portefeuille dans sa poche de pantalon, la suit. Elle est dans le vaste hall de gare, comme en panique. Qu'est-ce que ça veut dire ? !

— Nadine ! crie-t-il en courant.

Ses jambes flanchent, il se ressaisit. Le hall de la gare est vaste, tant mieux, il ne la perd pas de vue, elle est presque arrivée à la sortie latérale. Si elle la franchit, elle sortira de son champ de vue.

— Attends, putain !!! Nadine !!!

Il court, court, court… et elle s'arrête. À côté du centre d'accueil de la gare. À côté d'une grande affiche publicitaire qui vante les mérites d'un smartphone. La communication, c'est tout, dit le slogan. Elle est arrêtée, à une vingtaine de mètres. Il y a quelque chose dans ses yeux, un nouveau regard qui lui rappelle aussitôt un animal blessé. Un animal, un chat peut-être qui a été grièvement blessé, de manière très soudaine, complètement inattendue. Par la main de l'homme, pense vaguement Christian. Un chat qui ne s'y attendait pas du tout et qui est soudain mortellement blessé, par la main de l'homme. Il ne comprend pas l'image mais elle est très présente, elle habite toutes ses pensées.

— Nadine, dit-il.

— Ce n'est pas moi, dit-elle.

— Quoi ?

— Je ne suis pas Nadine. Cela veut dire que tu ne me connais pas. Tu ne sais rien.

— Pardon ?

— Pourquoi est-ce que tu m'appelles Nadine ?

— Ah bon. Excuse-moi, c'est vrai, c'est le nom que je t'ai… donné, c'est vrai, parce qu'il m'est passé par la tête.

— Peut-être à cause de Nathalie. Nathalie, Nadine. Tu ne m'avais pas dit ton vrai nom.

— Ce qui veut dire que tu ne sais rien. Rien de moi, que tu ne connais pas mon… his-toi-re.

Elle insiste sur chaque syllabe, comme s'il s'agissait de majuscules. Mon HISTOIRE.

— Non, bien sûr que non.

— Tu m'as rencontrée par hasard. Tu t'es dit comme ça que tu me raconterais bien quelque chose. De toi. Et Nathalie.

— Oui, exactement.

Elle s'arrête de parler. Un train arrive quelque part. Peut-être le dernier de la nuit. Elle reprend, d'une voix dure comme l'acier :

— Alors, dis-moi où tu as eu ce dessin ?

Il ne comprend pas.

— Le dessin.

Quelque chose se rapproche. Une vague idée, elle émerge d'un espace sombre, lointain. N'a pas de sens. Pas encore. Pas plus que tout ce qu'il a raconté. Sur Nathalie. Rien n'a de sens. Il prend son portefeuille, fouille, trouve. Déplie complètement le dessin qu'il a posé sur la table quand il cherchait sa carte de police.

— Ça ? demande-t-il.

— Ce dessin, tu l'as trouvé où ?

Il regarde le dessin. C'est l'été, pense-t-il, aire de jeux, caravane. Le dessin, le dessin coloré de la petite fille du gérant de l'immeuble. Il regarde Nadine, cherche dans ses yeux une réponse bien que ce soit elle qui ait posé la question.

Il cherche une réponse, à mille questions, à toutes les questions, dans ses yeux.

— C'est l'endroit, dit-elle. L'endroit où j'ai été détruite.

HUIT

Lost in time
she travelled overseas
undone
the music dying
for a while

CHRISTIAN

Le temps s'est comprimé. S'est réduit. En l'espace d'une seconde. Un vaste espace s'est contracté. Ramené à sa plus infime dimension. À une peinture, un dessin qui semble sorti du temps.

Les mots du gérant de l'immeuble tournent dans sa tête tandis qu'il conduit et essaie de joindre Ben. Nadine est assise à côté de lui. Il veut lui demander quelque chose mais il n'a pas le temps maintenant.

Le dessin qu'a fait ma petite-fille, a dit le gérant, *je vous l'offre, il est beau, n'est-ce pas ?* Comment s'appelait-il déjà ? Holdner.

Ben répond.

— Christian à l'appareil, dit-il. Nous avons une piste.

Ben, à l'autre bout du fil, a l'air d'émerger d'un sommeil profond. Comme s'il n'avait pas dormi depuis longtemps, avait enfin pu trouver le calme. Mais il est, semble-t-il, aussitôt sur le qui-vive.

— Quoi ? dit-il.

— Une piste. On est allés voir un type hier, à la suite d'un témoignage. Non, avant-hier. Vers midi. Gerhardt, si je me souviens bien. Marko Gerhardt. On a rencontré un autre type. Gérant d'immeuble. Il vit dans une caravane, devant l'immeuble où habite Gerhardt.

— Oui, OK, dit Ben.

— J'y vais. Avec ce type… – il s'arrête, pense à Nadine, quel que soit son nom. Elle est assise à côté de lui, silencieuse – avec ce type, il y a quelque chose qui ne colle pas.

— Qu'est-ce que tu veux dire par là ?

— Pédophilie, dit Christian.

Ben ne dit rien.

— Tu entends ?

— Oui, dit Ben.

— Je ne peux pas tout te raconter en détail mais ce gérant, un certain Holdner, est suspecté d'abus d'enfants, dit Christian.

Il pense à ce qu'a dit Nadine. En peu de phrases. L'endroit où elle a été détruite. Par Holdner. Et d'autres. Et pas seulement Nadine. Aussi d'autres enfants.

— OK, dit Ben. C'est où ?

Christian lui donne l'adresse qu'il a trouvée sur le dossier de l'intranet. Il se souvient du chemin. Informer Lederer, pense-t-il. Tout de suite. Et arriver enfin.

— Nous y sommes bientôt, dit-il.

— Attends-moi, dit Ben. Malvi est au courant ?

— Pas encore.

— Attends-moi, j'arrive. À tout de suite.

— Tu restes dans la voiture, OK ?

Nadine hoche la tête.

On aperçoit la pancarte de loin, elle devient de plus en plus grande, à la lueur des réverbères. *À la Plage Rouge, camping vue sur le lac.*

Ben traverse la nuit. Sur une ligne droite. Quand il arrive, la caravane est plongée dans l'ombre. L'immeuble derrière vaguement éclairé, l'escalier. Quand il descend, il voit la voiture de Christian et réalise qu'il y a quelqu'un sur le piège du passager. Une femme.

Il continue d'avancer, s'approche de l'immeuble, de la caravane, et Christian sort de l'obscurité, vient au-devant de lui, depuis l'immeuble.

— Il n'y a personne, dit-il. Ni le gérant ni le plus jeune sur lequel portait le témoignage.

Ben ne dit rien. Il s'étonne lui-même de son calme. Même s'il ne comprend pas tout, loin de là, mais une idée primordiale a pris forme depuis longtemps. Ils sont au bon endroit. À un endroit où il n'a encore jamais été. *À la Plage Rouge, camping vue sur le lac.*

— Je suis allé en haut, voir où est l'appartement, mais je pense qu'il n'y a personne. En tout cas, la caravane est vide. Il nous faut de toute urgence un mandat du parquet, Lederer s'en occupe.

— OK, dit Ben.

Lederer, pense-t-il, a dû être tout de suite opérationnel quand Christian l'a mis au courant.

— Lederer est parti au bureau pour tout organiser. Mais peut-être que… en voilà un…

Christian s'arrête. Se baisse.

— On file, murmure-t-il.

Ben le suit, Christian court, courbé, vers la caravane. Des ombres, pense Ben. Tout est dans l'ombre, toute la zone, l'espace, dans l'ombre parce que le jour se lève, doucement, bleuté. Il suit le regard de Ben, vers le parking. Il y a une troisième voiture. Celle de Christian, celle de Ben et une autre.

— C'est le gérant, dit Christian à mi-voix.

Oui, pense Ben. Il voit la silhouette d'un homme.

D'un pas à la fois décidé et indolent, fatigué, il se dirige vers eux. Sur la pelouse, l'aire de jeux, une image se cristallise, une image d'un homme qu'il ne connaît pas, qui lui est étranger, plus qu'étranger.

— C'est lui, murmure Christian.

NADINE

Quand la voiture s'est approchée et arrêtée près d'elle, elle a jeté un coup d'œil dans le rétroviseur. A pensé qu'il s'agissait d'un collègue de Christian.

Peut-être une voiture de police. Mais, non. Non. Non.

Malgré elle, elle s'est mise à pleurer et s'est recroquevillée sur le siège, dans l'espoir de devenir invisible, comme si elle n'était plus là. Elle a tout entendu, a entendu Holdner descendre, a senti qu'il passait près d'elle, à quelques mètres. Elle a vu sa nuque, puis l'homme tout entier, il se dirigeait vers la caravane. Épuisé, a-t-elle pensé.

Maintenant, elle balaie la scène des yeux. Holdner n'est plus qu'une ombre qui rapetisse à mesure qu'il avance. Où est Christian ? Où est l'autre homme qui est arrivé ? Un collègue ? Elle pleure sans bruit, comme ça, sans presque s'en apercevoir.

Peut-être qu'il n'y a personne ici, pense-t-elle. Elle est seule au monde.

HOLDNER

Soudain, tout va très vite. Il s'arrête, comprend que c'est trop silencieux, trop bleu, trop sombre derrière les fenêtres de la caravane. Un soupçon de trop partout.

Et soudain un coup l'atteint, le terrasse, il est au sol. Quelques instants, il pense que ce n'est qu'un rêve, qu'il s'est endormi, à mi-chemin, qu'il est sur un quelconque parking entre ici et là-bas, et s'imagine ce qui pourrait arriver. Le pire de tout. Être privé de liberté. Rien n'est aussi terrible que cette idée, cette peur.

Des questions s'abattent en crépitant sur lui. Comme des salves de fusil. L'homme qui le relève est nerveux. Il le connaît. C'est un des policiers qui sont venus le voir récemment. Pour se renseigner sur Marko. Rien d'important, une petite chose, nous voulons juste vérifier quelque chose.

Sandner, c'est son nom. C'est le policier à qui il a offert le dessin. Le dessin de Laura. Où est Laura ? Elle passe la nuit chez Simona. Maintenant il commence à se battre, pour sa liberté. Un bien précieux. Son seul bien. Comment est-ce que ça va finir s'il n'a plus le droit de faire ce qu'il veut ? Ce qu'il doit faire ?

Une chance qu'il ait laissé Marko là-bas, dans la clairière. Finalement c'était plus qu'une punition qu'il lui a infligée, c'était une sage prémonition.

— Où est M. Gerhardt ? Marko Gerhardt ? demande le policier.

À côté de lui, il y a un autre policier. Ce n'est pas le même que l'autre jour. Il l'observe. Quelque chose en lui le trouble. Ses pensées se bousculent jusqu'au moment où il regarde l'autre, le collègue silencieux, et là elles se figent soudain. Pourquoi ce collègue a-t-il l'air… si affreusement triste ? Pourquoi est-il à ce point… silencieux ?

— Où est Gerhardt ? ! crie l'autre policier. Celui qu'il connaît. Sandner. C'est ça. Christian Sandner.

— Je regrette, dit Holdner.

— Quoi ?

— Je suppose que M. Gerhardt dort, il est encore très tôt. Je ne sais pas… cinq… ?

— D'où venez-vous ? À cette heure si matinale ? demande Sandner.

C'est plus un cri qu'une question. Oui, Sandner est vraiment furieux.

Holdner ne répond pas. De toute façon, ce qu'il répond n'a pas d'importance. Et autre chose lui traverse l'esprit. Une question primordiale. Comment, bon sang, comment en sont-ils arrivés là ? Pourquoi… pourquoi Marko est-il de nouveau soupçonné mais avant tout, bien plus bizarre, pourquoi ce policier lui en veut-il à ce point, pourquoi est-il si agressif, si furieux… envers lui, Holdner ? Comment est-ce qu'ils ont pu avoir l'idée qu'il puisse avoir… un rapport avec… toutes ces saloperies ? Je regrette, je regrette, pense-t-il, et peut-être même qu'il le dit.

— Qu'est-ce que tu regrettes au juste ?

Il lève les yeux. Voit la femme dont la silhouette se fond dans le jour qui se lève subrepticement. Le jour qui s'est faufilé, et qui maintenant est là. Elle a grandi, pense-t-il malgré lui. Elle est grande, belle, belle autrement.

— Je t'avais dit d'attendre dans la voiture, dit le policier.

BEN

Les liens entre les choses s'effilochent, se délitent, tombent en lambeaux. Tout devient arbitraire, accessoire car quelque chose s'est imposé, quelque chose qu'il n'arrive pas encore à nommer. Des collègues en uniforme et deux techniciens de la police scientifique sont arrivés. Préparent avec précaution leur arsenal d'instruments techniques. Christian fouille le bureau et les étagères, dans la caravane de l'homme. L'homme s'appelle Holdner. Il a à voir avec l'affaire. Mais ce n'est pas lui le ravisseur. Ni l'ours en peluche.

Holdner est assis dehors, devant la caravane, entre deux collègues en uniforme. Holdner se tait. Il a fait savoir qu'il n'avait rien à dire. Il ne comprend pas ce que tout ça signifie, a-t-il dit.

— J'ai quelque chose, dit Christian.

Ben le rejoint, Christian agite un bout de papier.

— Le numéro de Gerhardt. Il nous faut la géolocalisation.

Ben hoche la tête. Il est déjà en train de taper le numéro de Lederer. Lederer répond, Ben lui décrit brièvement la situation.

— Parfait, j'envoie un SMS furtif, dit Lederer.

Ben hoche la tête.

— Prions pour que son portable soit allumé, dit Christian.

Prier ? pense Ben. Depuis combien de temps n'a-t-il pas prié ? Quand était-ce, la dernière fois ? Il s'en souvient tout d'un coup. C'était le jour de la naissance de Marlène. Ben a dit une prière, dans la petite salle d'attente, à l'hôpital, où tout était blanc. Il a prié pour que Marlène vienne au monde saine et sauve, heureuse. Des nouveau-nés peuvent-ils être heureux ? En tout cas il a prié pour ça, prié un Dieu en qui il ne croit pas.

Christian téléphone. Nerveusement. Les techniciens de la scientifique entrent dans la caravane, se mettent au travail. Là-haut, dans l'immeuble, on doit être en train de forcer la porte de l'appartement du deuxième suspect. À condition d'avoir reçu le mandat de perquisition. Maintenant, le jour se lève, pour de bon.

Et Ben a vraiment perdu le fil, mais juste parce qu'une pensée s'est incrustée si massivement dans son cerveau qu'elle estompe tout le reste. Il n'y a plus que des épaves, des épaves qui flottent, négligeables, autour de cette pensée unique qui domine tout. À l'occasion, quand il aura repris ses esprits, il faudra qu'il demande à Christian quel est le lien entre tout ça. Qui est cette femme qui était assise dans la voiture de Christian, qui est venue jusqu'à la caravane, et dont la vue et une seule question ont causé un tel choc à Holdner, le gérant de l'immeuble.

Où est la femme ? Christian a parlé avec elle. Ensuite, une collègue en uniforme l'a emmenée en voiture. Où ?

Plus tard. Il demandera plus tard. Le temps passe, Ben ne sait combien de temps passe. Christian parle avec lui, il se ressaisit, se concentre et entend ce qu'il dit.

— On l'a. Lederer l'a localisé. Tu viens ?

Ben suit Christian. À l'air libre. La fraîcheur matinale occulte un peu la chaleur du jour. Marlène, pense-t-il. Quelle chance que tu existes. Il suit Christian sur la pelouse aride, jaunie, perçoit vaguement le gérant, Holdner, qui est assis, sans bouger, sur une chaise de sa caravane.

Ils dépassent la petite aire de jeux, les balançoires, arrivent au parking, la voiture, Ben monte, à la place du passager. Christian conduit par à-coups, la voix de Lederer retentit par Bluetooth, Lederer a localisé un endroit, limité à un espace contrôlable.

— C'est parti, dit Christian.

Ben ferme les yeux, maintenant complètement cerné par la pensée de mener au bout la réflexion.

Il entend Lederer parler, l'entend vraiment, il a à l'esprit Nadine qui se tait, il la voit. Elle n'a pas dit un mot après avoir prononcé la phrase. La question posée à Holdner, ce gérant de l'immeuble. L'intensité avec laquelle Holdner l'a reconnue. Yeux écarquillés, bouche bée. Juste quelques secondes, puis il s'est ressaisi. S'est replié sur lui-même. S'est mis à trembler et Christian a pensé qu'en l'espace de quelques secondes cet homme avait vieilli de plusieurs décennies.

Christian se demande à quoi Nadine a fait allusion, avec sa question. *Qu'est-ce que tu regrettes au juste ?*

Elle n'a pas obtenu de réponse, n'en attendait sûrement pas d'ailleurs. À la question. Cette question qu'elle voulait poser depuis longtemps. Puis, au bout de longues secondes, elle a fait demi-tour. Est retournée au parking. Christian l'a suivie, lui a demandé d'aller au commissariat avec une collègue. De l'attendre.

— On verra, a-t-elle dit.

— Il faut que tu m'attendes, a-t-il dit, nous devons éclaircir cette affaire.

Elle a posé les yeux sur lui.

— Éclaircir ?

— Oui.

Elle a ri. Pas un rire méchant ni méprisant. Il ne sait pas quel rire. Peut-être triste avant tout. Il se demande si elle sera encore là, plus tard. À voir. Ne pas perdre Nadine, pense-t-il. Ne pas perdre Nadine. Et trouver Jannis.

La voix de Lederer se mêle à ses pensées.

— Oui, on est là, dit Christian.

Ben, à côté de lui, sur le siège du passager, ne dit rien.

— Ici… c'est juste un grand espace, dit Christian. Nous sommes à une centaine de mètres d'une forêt.

— Alors, allez-y, dit Lederer.
— Dans la forêt ?
— Oui.
— OK.

Christian accélère. Ils dépassent les premiers arbres. La lumière et l'ombre jouent l'une avec l'autre. Font des échanges, semblent se renvoyer la balle, deux partenaires de jeu avec des intérêts différents. L'un laisse passer la lumière, l'autre l'éteint. Durant juste quelques secondes. Et ainsi de suite.

Derrière le pare-brise, un espace plus clair apparaît. Une prairie, entourée de hautes herbes. Une clairière. À une cinquantaine de mètres, un homme est assis sur le bord du chemin. Avec une valise. Comme si, dans ce grand espace vide, il attendait un autocar. Christian freine. Ben sursaute. Pourquoi ? Ben regarde fixement l'homme.

— Merde, dit Christian.

Il se demande quoi faire. Essaie de réfléchir. Mais Ben devance la réponse.

— Ben ? Hé !

Ben est descendu. Sans bruit. Comme une ombre. Il avance.

— Ben ! Hé, stop !

Christian ouvre sa portière, le suit. Qu'est-ce qui lui prend, à Ben, d'avancer comme ça, sans être couvert ?

— Ben ! À couvert !

Christian dégaine son arme de service. Dont il ne s'est jamais servi. Pas une seule fois. Ben, pense-t-il. Ben, Ben.

Ben avance, déterminé. À une cinquantaine de mètres de l'homme. Gerhardt. Marko Gerhardt. Maintenant qu'il le voit assis comme ça, Christian reconnaît très clairement, même à cette distance, son côté ours en peluche. Impossible de ne pas le voir.

Gerhardt lève les yeux, regarde Ben, l'air perplexe.

Un ours en peluche qui veut poser une question. Alors qu'il ne peut pas parler. À moins que… Si, ils ont parlé avec lui, il y a quelques jours, devant le débit de boissons, là-bas…

Ben lève son arme et tire sur l'homme, sur l'ours. Un coup, deux, trois. Quatre. L'homme, Gerhardt, est allongé, dans l'herbe claire, fanée.

Ben…, pense Christian.

Ben fait quelques pas rapides, et piétine, de toutes ses forces, le visage d'un mort.

BEN

Tout est clair, lumineux. Évident, c'est le mot qui s'impose à Ben, un mot qui ne lui est jamais venu, du moins pas consciemment.

Évident. L'homme est allongé, immobile. Près de lui, une valise. Bleue. Valise bleue, ciel bleu. Fermeture Éclair. Il la tire, ses mains tremblent. Derrière lui, il le sent, il y a Christian. Il respire péniblement.

— Ben.

La voix basse de Christian, dans son dos, puis Christian le rejoint. Ensemble, ils ouvrent la valise. Dedans, recroquevillé, un garçon. Il respire, pense Ben. Respire, respire. Une respiration ni lourde, comme celle de Christian. Ni légère non plus. À peine perceptible. Il a les yeux ouverts. Le groupe des dinosaures, pense Ben. Quand le photographe a pris la photo, Jannis a essayé de sourire. Derrière le sourire forcé se cachait un vrai sourire, un sourire franc. Qui attendait de trouver sa place. Un sourire franc ne peut advenir que quand le sourire forcé se retire.

Ne pas sourire, pense Ben. Il a le vertige. Ne pas sourire maintenant, il ne faut pas.

À côté de lui, Christian se relève, se penche et sort le garçon de la valise.

Il fait quelques pas, dépose l'enfant sur la prairie. Quel merveilleux endroit, pense Ben. Une prairie qui ne ressemble à aucune autre, comme s'ils avaient atterri sur une autre planète. À côté du garçon allongé dans l'herbe, à côté de Christian qui s'est assis près de l'enfant dont il tient la main, il y a une fosse. Ben regarde la fosse qu'il a aperçue, qu'il a effleurée du regard quand il a piétiné le visage de l'homme. Cela dure quelques secondes avant que le lien prenne forme, que les mots émergent, évidents, lumineux, mais ce ne sont que des mots. Fosse, garçon, tombe.

CHRISTIAN

Une tombe dans laquelle personne ne sera jamais couché. Aucun garçon. Ni Jannis. Personne.

Christian regarde à l'intérieur, la fosse est profonde, sûrement un mètre quatre-vingts, comme c'est prescrit, il a sous les yeux ce qui s'est passé, il le voit tel quel. Ce n'est pas l'homme mort allongé sur le bord du chemin qui a creusé le trou, c'est Holdner. Le gérant. Qui lui a offert un dessin et a détruit Nadine. Christian a Holdner devant les yeux. Il le voit là, en sueur, creusant une tombe. Il s'accroche à cette idée. L'idée que la tombe va rester vide, un espace vide dans lequel il n'y a rien, absolument rien.

Il a déjà pris une décision. Tout en sachant pertinemment qu'il a tort. Sciemment.

Le garçon respire, il a les yeux fermés.

— Tout va bien, dit Christian.

Tout va bien, tout va bien, tout va bien.

— Ben, dit-il.

Ben, assis à quelques mètres à côté de la valise bleue, lève les yeux.

— Gerhardt t'a attaqué. Nous avons vu la valise, la fosse, Gerhardt a voulu t'empêcher de délivrer le garçon dans la valise.

Ben le regarde.

— Il se trouvait entre toi et la valise, il a fait un pas vers toi, il a mis sa main droite dans sa poche droite de pantalon, nous devions partir du principe qu'il était armé.

Ben ne dit rien.

— Alors tu as tiré. On a couru vers la valise, en passant sur le visage de l'homme à terre, on a ouvert la valise, pour délivrer le garçon.

Ben reste silencieux. Puis il dit :

— Oui.

Ben soutient le regard de Christian.

Oui.

Dans la bouche de Ben, c'est comme si c'est bien ce qui s'était passé.

HOLDNER

Prairie, aire de jeux, parking, dans son dos la caravane, l'immeuble. Tout commence à s'éclairer, avec le soleil, le jour se lève, se fraie un chemin.

Il entend une conversation. On échange des mots. Il n'entend que ceux de l'homme qui est arrivé après. Du genre qui se prend au sérieux, en tenue. Il a un drôle de nom. Mavi ou Malvi, un truc comme ça. Il téléphone. Peut-être avec Sandner.

Holdner n'entend que des bribes de conversation mais elles lui suffisent pleinement. Évidemment Marko a laissé son portable allumé. Évidemment, ils l'ont trouvé. Évidemment il n'a pas fait ce qu'il avait à faire, il n'a pas fait ce que Holdner lui avait ordonné de faire. D'achever le garçon et de le mettre dans le trou que lui, Holdner, a creusé, à la sueur de son front pendant des heures. Y coucher le garçon, recouvrir le trou de terre. Et voilà. Terminé. Pas plus compliqué que ça.

Mais c'était trop demander à Marko. Comment a-t-il pu se tromper à ce point sur son compte ? Une faute. Une faute majeure. Commise il y a des années. Maintenant, il en paie le prix.

Malvi parle, Sandner, à l'autre bout, parle aussi. Holdner s'efforce d'entendre. Essaie de retenir ce qui pourrait lui servir. Quelque chose, n'importe quoi, qui puisse être une échappatoire. Quelque chose qu'il puisse reprendre à son compte. *Gerhardt ? Marko ? Connais pas. Ah si, bien sûr, il habite dans l'immeuble. Oui. Au dixième étage. Oui, oui, je suis le gérant. Gerhardt, oui, il l'aide parfois pour de petits travaux. Où il est ? C'est à moi que vous demandez ça ?*

Malvi, ou quel que soit son nom, met fin à la conversation et, l'espace de quelques secondes, Holdner évoque le souvenir de leur rencontre, au lever du jour, alors que l'aire de jeux était encore bleu pâle, quand la nuit… oui… avait encore une lueur… bleue. C'est alors qu'il l'a vue. Tout d'un coup. Comme vraiment sortie du néant.

Elle est devenue adulte. Quand il l'a vue, debout soudain devant lui, il a compris deux choses.

Premièrement, qu'elle avait toujours été différente. À l'époque où elle habitait dans le coin, avec une mère débordée et un père absent.

Deuxièmement, qu'il a perdu. Que le jeu va finir à son désavantage. Et à ce moment-là seulement, il a réalisé que c'était vraiment un jeu. Toujours un jeu. L'envie de jouer.

Il balaie l'espace du regard, prairie, aire de jeux, parking. Dans le lointain, des bruits d'eau, peut-être le vieux couple qui campe au bord du lac depuis quelques jours et nage tous les matins. Tous les deux. Chaque matin à la même heure matinale. Deux personnes qui ont vieilli ensemble. Nagent ensemble, en regardant la mort approcher. Il regarde en direction du parking et pense que bientôt, une voiture de police va arriver. Que Sandner et Marko en descendront. Marko marchera courbé, effondré. Il sera sûrement désolé d'avoir tout fait échouer. D'avoir tout détruit.

À moins que Marko ne vienne pas ? A-t-il bien compris une des bribes de la conversation ? Était-il question d'un mort ?

En tout cas, le parking reste vide, ils vont peut-être emmener Marko directement au commissariat pour l'interroger, et lui aussi, Holdner, bientôt. Il détourne les yeux, sur le côté, et voit que quelqu'un d'autre est arrivé, ce n'est pas Marko.

Elles sont toutes les deux à une certaine distance, devant l'immeuble que le soleil éclaire. S'arrêtent, regardent. Perplexes, déconcertées. Simona. Et Laura. Une idée lui traverse l'esprit, une sorte d'illumination. Qui a un rapport quelconque avec le dessin qu'il a offert au policier, Sandner.

Tout cela, ici, a d'une certaine manière un rapport avec le dessin de Laura, il ne sait plus du tout ce qu'il représentait.

Il l'a offert au policier.

Une faute, pense-t-il. Une faute. Il ne sait pas pourquoi, mais il le sait.

Il regarde Laura devant l'immeuble, au soleil, sous le vaste ciel et il pense quelque chose qui le surprend.

Que Laura est libre, enfin. Délivrée. De lui.

LANDMANN

En fin d'après-midi, il pleut à verse. L'été est balayé. En un rien de temps. Du moins ici, dans cette ville inconnue.

Landmann est assis de nouveau dans la salle à manger, pour le petit-déjeuner. Une fois de plus, il ne mange rien. Boit un café. L'idée de manger lui est comme étrangère. Pas désagréable, simplement étrangère. Lointaine. Il regarde un moment les enfants qui sont de bonne humeur. Ils mangent des petits pains avec de la crème de nougat. Ils ne tiennent pas en place, gigotent avec les jambes, se lèvent, courent au buffet, ignorent les commentaires sans humour de leur mère qui mange une salade de fruits. Le père parle peu, il a l'air perdu dans ses pensées. À quoi pense-t-il ? À cette matinée ? À ses garçons qui chahutent au buffet pendant que sa femme mange une salade de fruits, et que Barbara ne vit plus ?

Il monte dans sa chambre. Reste longtemps sur le balcon, à regarder la piscine dans laquelle tombe la pluie. De l'eau sur l'eau. Les gouttes de pluie rebondissent sur la surface, comme de petits cailloux.

Il rentre, fait ses bagages. Il peut partir quand il veut. Parce qu'en réalité, c'est inéluctable.

Il remplit son sac de voyage vide, avec rien. Un autre vide.

Il regarde encore une fois autour de lui dans la chambre.

Puis, sans réfléchir, il prend son portable et fait une photo, une photo de la pièce vide, avant de partir.

SARAH

Et la pièce vide se remplit, de couleurs. Un homme qu'elle ne connaît pas les ramène, les couleurs, l'arc-en-ciel tout entier, un homme calme, qui a l'air gentil, qui se présente sous le nom de Lederer.

Sarah regarde un peu à l'arrière-plan pendant que Lederer, à la porte, parle avec maman. Papa les rejoint, dit quelque chose. Mais Sarah n'entend que les mots que prononce Lederer. Au passage, elle voit que maman s'effondre, que papa essaie de la soutenir, le policier aussi tend les mains, rattrape maman.

Maman n'a plus de forces, mais ce n'est pas grave, c'est parce qu'elle est heureuse. Elle tremble, se laisse tomber au sol. Papa hoche la tête, veut parler, ne peut pas. Lederer explique comment ça va se passer. Sarah entend chaque parole. Papa écoute. D'une certaine façon, elle aime ce papa qui est différent parce qu'il écoute et parle peu. Avant, papa parlait tout le temps, il savait tout mieux que tout le monde. Maintenant, il écoute le policier, Lederer, sans rien dire.

— Oui, dit papa à la fin. Bien, nous sommes bientôt prêts.

Et quelques minutes plus tard, ils se retrouvent assis dans la voiture du policier, papa à côté de lui, maman et elle derrière. C'est mieux comme ça, a dit Lederer, ce n'est pas bien de conduire avec toutes ces émotions, il les emmène et les ramènera. Aller. Et retour. Mais d'abord, on va là où… où…, elle ne peut achever sa phrase. N'ose pas.

Ils arrivent, descendent, se dirigent vers l'hôpital, Lederer les conduit à travers les couloirs. Ils arrivent dans une aile dans laquelle le soleil brille, il y a des dessins d'enfants au mur, des visages effleurent le regard de Sarah, des visages souriants, des visages inquiets, des visages encourageants.

À un moment, Lederer s'arrête. Maman s'arrête. Papa s'arrête. Est-ce qu'ils sont vraiment arrivés ? Sont-ils là où…

Sarah entend un bruit. Un son prolongé, comme un fredonnement. Une chanson. Elle se concentre sur cette mélodie, et elle réalise que c'est maman qui a émis ce son, un son dans lequel se mêlent le désespoir et l'espoir, la peur et l'amour. Papa reste silencieux, c'est bien. Ça l'aide à situer sa voix. Il a pris la main de maman et Sarah ose maintenant aller jusqu'au bout de sa pensée. Ils sont là où… est Jannis.

Il est couché dans un lit blanc, le soleil inonde sa chambre, il a l'air de dormir. Une femme en blanc, sans doute un docteur, est debout près de son lit, elle sourit. Jannis. Il dort. Respire.

Récemment, dans la semaine avant les vacances, ils ont parlé de l'avenir avec la maîtresse. De ce que chacun veut faire plus tard. Comme métier, etc. Il s'agissait de trouver une place dans la vie, a dit la maîtresse. Sarah n'a pas compris. Qu'est-ce que ça veut dire ? s'est-elle demandé. Maintenant, ça y est, pense-t-elle. J'ai compris. Elle le dira à la maîtresse. Et aux autres, à toute la classe. Ils seront peut-être surpris quand elle leur dira l'endroit car ça n'a rien à voir avec le métier ou la carrière ou ce genre de choses.

Ici, exactement ici, sur le seuil de la chambre de Jannis. Elle a trouvé sa place dans la vie.

NEUF

Up in the air
and into the wild
there by the lake
a submarine's diving

CHRISTIAN

Le temps s'étire. Un peu comme s'ils étaient sur un bateau. Un bateau de croisière tranquille, les gens traînent, dans les boutiques, sur la piste de danse, au buffet.

Mais Christian ne voit rien de tout ça, il est bien loin, ailleurs. Ils sont dans une autre zone du bateau, tout en bas. Dans la salle des machines. Où curieusement, le soleil brille.

Le soleil du soir.

Inonde la pièce.

La salle de réunion dans laquelle on échange, vérifie, trie de nouveau des informations. Gerhardt, Marko. Holdner, Anton.

L'un est mort, l'autre se tait.

Mais il y a un témoin. Pas pour ce qui s'est passé les jours derniers mais pour quelque chose qui remonte à bien plus loin. Une image commence à prendre forme. Parce que lui, Christian, a reçu un dessin en cadeau. De Holdner, le gérant de l'immeuble.

L'autre image qui prend forme est si particulière, si affreuse, que Christian a encore du mal à la regarder. Oui. Il y a un témoin.

Elle s'appelle Anne. Il a oublié le nom de famille. Parce qu'il était assez occupé à transformer Nadine en Anne. Un témoin.

Elle a fait sa déposition pendant qu'il était en route avec Ben. Ensuite elle est partie. Mais l'agent qui a pris sa déposition a aussi noté ses coordonnées personnelles, bien entendu. Christian se demande si Anne a donné l'adresse d'un domicile. Et si oui, laquelle.

Anne. Nadine. Anne.

Par moments, l'image surgit, l'espace de quelques secondes. L'image derrière celle de ce qu'ils ont fait à Anne, il y a des années, cet homme. Ces hommes ? Est-ce qu'à l'époque Gerhardt en était ? Il n'a pas encore lu la déposition. N'a pas eu la force et d'ailleurs pas non plus le temps, parce que tout est allé tellement vite. Anne, Nadine, Ben.

Qu'est-ce qu'il y a, Ben ? Qu'est-ce que… une nouvelle image s'intercale, elle montre Ben. Ben, qui descend de la voiture, avance, déterminé, il y a la clairière, comme un endroit étranger, sur une planète inconnue, l'herbe est bleu turquoise pâle, et douce, et jaune, et Ben…

Puis une nouvelle idée. Se pourrait-il que la fillette, Laura, la petite-fille du gérant, Holdner… se pourrait-il qu'elle ait peint l'image comme ça exprès ? La caravane, la prairie, l'aire de jeux ? Dans l'espoir qu'elle trouverait une issue, dehors ? Que quelqu'un la verrait, quelqu'un qui comprendrait ce qu'elle montre ? Christian pense à Mme Poulsen. Qui voulait aider et en fin de compte a réellement aidé. Beaucoup même.

Il lui dira combien son témoignage a été déterminant. Elle l'apprendra de toute façon.

Un certain nombre de choses, pas encore toutes, ont pris forme. L'année dernière, Marko Gerhardt a passé un certain temps chez sa sœur aînée qui vit à Sölden, près d'Innsbruck. Il est arrivé avec sa propre voiture et il est parti contre toute attente au bout de quelques jours sous prétexte d'avoir des choses importantes à faire. Gerhardt… Holdner… Ben… cette pensée va et vient. Des mots filtrent. Malvi parle, ses paroles effleurent l'oreille de Christian.

Malvi se racle la gorge. Soupire-t-il ?

Christian cherche son regard, Malvi est près de la fenêtre, auréolé de lumière.

— Oui, dit Malvi et il se racle encore une fois la gorge. Oui nous avons… les techniciens ont… trouvé une autre tombe. Pas loin de l'autre. Les techniciens… oui.

La voix de Malvi se brise. Il se reprend. S'assied sur une des chaises. Se tait, longuement.

— Christian, Ben, vous y allez, s'il vous plaît ? finit-il par dire. Nous… devons l'ouvrir.

BEN

L'espace derrière le pare-brise est surexposé. Comme dans une BD ou un dessin animé. Ç'en est un élément. Ni plus, ni moins. Juste un personnage, dans ce film. Forêt touffue mais soudain les arbres s'écartent, comme sous l'effet d'un ordre silencieux et la clairière s'ouvre. Christian arrête la voiture. Ben descend.

Sensation d'une familiarité sinistre avec l'endroit. Parce qu'il est tellement étranger.

Il a découvert cet endroit le matin même.

Maintenant il le retrouve, le soir.

Les techniciens de la scientifique sont là, dans l'étendue dégagée. Une vaste étendue dégagée. En a-t-il rêvé hier ? Il y a quelques jours ?

Il avance. Suit Christian qui marche devant. Les couleurs deviennent plus pâles, plus réelles, se glissent comme un filtre devant son champ de vision, maintenant il voit plus clair. Le dessin animé, surexposé, grossi, a disparu, s'est retiré. Il est bien là, à côté de Christian qui parle avec un technicien. Il n'entend pas leurs paroles, il a autre chose dans l'oreille, qui revient constamment.

Marlène.

Il pense à Christian. Observe les techniciens. Essaie de deviner s'ils l'observent. Il n'en a pas l'impression. Personne ne met en doute le déroulement des événements. La version que Christian en a donnée le matin dans sa première déposition et que Ben, la tête baissée et toute pensée soudain figée, a confirmée. En tous points. Ben pourra affronter l'enquête interne en toute sérénité. Grâce à Christian.

Marlène, pense-t-il. Il se demande si Christian a aussi pensé à Marlène. Quand il a fait son rapport. A rapporté ce qui, ici, exactement ici, ne s'est pas passé.

Ben regarde Christian, Christian regarde le trou. Il est à environ dix mètres de l'autre.

Et alors, Ben pense qu'il doit y en avoir d'autres ici. D'autres tombes. Non, c'est juste une idée. Christian est à quelques mètres, devant le trou, il hoche la tête. En a-t-il déjà la certitude ? La certitude de ce qui a été immédiatement évident ? Après le rapport de Malvi ? Est-ce qu'un bout de vêtement peut apporter une certitude ?

Marlène, Marlène, Marlène.

Christian hoche la tête, fait demi-tour. Et part, de l'autre côté de la clairière. Marche, marche, est de plus en plus petit. S'assied sur un banc qui se trouve sur le bord du chemin, au bord de la clairière, comme si quelqu'un l'avait posé précisément là, avait voulu le poser là il y a longtemps, sachant pertinemment qu'un jour, Christian viendrait s'y asseoir.

CHRISTIAN

Il trouve le numéro dans le dossier de l'intranet. Se penche en avant, compose le numéro, ferme les yeux.

C'est le père qui décroche. Il a tout de suite l'image devant les yeux. Un type gentil. C'est ce qu'il a pensé. Il avait roulé longtemps pour demander des nouvelles de son fils. Il était venu en taxi, chauffeur et client en un.

Christian se met à parler anglais.

— Monsieur Gebreselassie, Christian Sandner à l'appareil. De la police de Wiesbaden.

Eyob Gebreselassie attend.

— Monsieur Gebreselassie, je tenais à vous parler tout de suite, à vous dire ce qui... me fait infiniment de peine.

Il se prend le front, enfonce ses doigts dans la peau, près des tempes.

— Votre fils, Dawit, n'est plus en vie. Je suis... vraiment désolé. Je viendrai vous voir dans quelques jours. J'espère alors pouvoir répondre... aux questions que... vous aurez peut-être.

Silence. Puis le chant des cigales.

— Je vous remercie, dit Eyob Gebreselassie.

Et la communication est coupée.

Christian laisse son portable retomber. Se renverse un peu en arrière sur le dossier du banc en bois, bancal. Il pense à Feven et Eyob, à Dawit.

Pouvoir répondre aux questions, pense-t-il.

Se renverse encore plus, s'appuie contre le dossier du banc, et se met à pleurer.

BEN

Le soir, quand il rentre chez lui, Svéa est à l'entrée. Il descend de voiture et se dirige vers elle.

— Comment ça va ? demande-t-elle.

Il hoche la tête. Il lui a raconté ce qui s'était passé. Pas la vérité, rien que les faits.

— On va se faire une soirée tranquille, dit-elle.

— Oui.

Marlène arrive, elle est de bonne humeur. Svéa ne lui a pas raconté ce qui s'était passé, il lui avait demandé de ne rien dire. Elle n'a pas besoin de le savoir. Pas maintenant. Qu'il a tué un homme. En mission.

Svéa a préparé les pâtes que Marlène préfère. Une fois assis à table, en voyant Marlène rire, il sent un sourire s'afficher sur son visage. Plus tard, Marlène va regarder un film dans sa chambre sur sa tablette, Svéa s'est déjà couchée, elle lit un peu. Il est assis sur le canapé. La télévision est éteinte.

La mélodie de son portable retentit, il attend qu'elle s'arrête, et il entend la messagerie se mettre en route. Il l'écoute. *Sarah Meininger à l'appareil.* Il ferme les yeux. Se demande ce qu'elle va dire. En fait, il le sait déjà. Pas de quoi, pense-t-il. Vraiment pas de quoi. Et Sarah Meininger dit :

Merci.

ANNE

Il arrive à peu près à l'heure où elle l'attendait. Descend de voiture, se dirige vers elle, s'arrête devant elle.

— Bonjour, dit-il.

— Bonjour.

— Anne, dit-il.

Elle ne dit rien, écoute l'écho.

— Ça te dérangerait de m'appeler Nadine ? demande-t-elle.

Il la regarde. Surpris ? A-t-il beaucoup de questions ? Trop ? Va-t-il les poser ?

Est-ce que ça l'ennuie ?

Elle attend.

— Non, dit-il, pas du tout.

— Alors, ça va, dit-elle.

— OK, dit-il, si on…

— Si on allait au cinéma ?

— Au cinéma ?

— Voir n'importe quel film. La séance de minuit. Un film qui finit bien.

— J'ai bien peur qu'à cette heure-ci, il ne passe que… ben oui… des films d'horreur.

Elle rit. D'un rire spontané, sans retenue, l'idée lui plaît.

— Alors, allons-y pour un film d'horreur, dit-elle.

— Hum, dit-il.

— Un qui finit bien, dit-elle.

Merci de tout cœur à :

Niina, Venla, mes parents, Georg, Wolfgang, Felix, Esther, Caterina, Lisa et Lisa, Vanessa, Florian, Christian, Darko, Helge, Ninne, Olivia et Klaus.

Certains chapitres de ce roman sont associés à des chansons que l'auteur a composées pendant la rédaction du roman – *raven* (p. 7) *another isle* (p. 191 et 257), *followed by light* (p. 277).

OUVRAGE RÉALISÉ
PAR L'ATELIER GRAPHIQUE ACTES SUD
ACHEVÉ D'IMPRIMER
SUR ROTO-PAGE
EN AOÛT 2021
PAR L'IMPRIMERIE FLOCH
À MAYENNE
POUR LE COMPTE DES ÉDITIONS
ACTES SUD
LE MÉJAN
PLACE NINA-BERBEROVA
13200 ARLE

DÉPÔT LÉGAL
1re ÉDITION : SEPTEMBRE 2021
N° impr. : 98863
(Imprimé en France)